書下ろし

よがり姫

艶《つや》めき忍法帖

睦月影郎

祥伝社文庫

目次

第一章　禁断の筆おろしの事

一

（一体どうしたものか……、このままでは……）

庭掃除《そうじ》をしていた弥助《やすけ》は、背負った赤ん坊を寝かしつけながら思った。

どうにも湧き上がる淫気に全身が火照《ほて》り、毎晩寝しなには立て続けに手すさびしているというのに、今も激しく勃起しているのである。

このままでは、主家の美女たちに狼藉《ろうぜき》を働きそうだった。

むろん亡き祖父からは忠義一筋の奉公を厳命されているし、自分でも主を持つ幸福を失いたくないのだが、無意識に身体が動いてしまいそうである。

そして、一時の快楽のために主家の女を犯すようなことがあれば、それは即座に自身の死を意味する。

まだ十八歳の弥助でも、それぐらいの覚悟はあった。

弥助は江戸へ出て半年。それまでは筑波《つくば》山中の素破《すっぱ》の里で暮らし、日々過酷な鍛錬《たんれん》に明け暮れていた。

もう戦《いくさ》もないのに、何のために多くの体術を身に付けるのか。疑問を抱かなかったわけではないが、それが里の掟《おきて》である以上仕方のないことだった。

弥助は頭目《とうもく》の血筋で、体術も学問も秀《ひい》でていたが、里は男ばかりだったので、女だけはまだ知らなかった。

里では大人になると町へ出て奉公し、身に付けた術を役に立てる機会などないままごく普通の一生を終えることが多い。

弥助は、江戸の旗本《はたもと》屋敷に下男《げなん》として奉公している祖父から呼ばれ、後を引き継ぐこととなった。死期を悟っていた祖父は、暮れに呆気《あっけ》なく死に、今は弥助がこの屋敷で働いていた。

ここは神田《かんだ》にある百石の下級旗本屋敷で、学問所勤番組頭《がくもんじょきんばんくみがしら》を務める吉村《よしむら》家。先代が死んだばかりで、二十五歳になる長男の圭之進《けいのしん》が後任となった。妻の菊代《きくよ》は二十三歳、花《はな》という女の子は生後半年で、いま弥助の背で眠《ねむ》っている。

次男は他家へ養子に入り、あと屋敷にいる家族は、部屋住みで二十歳になる三男坊の伊三郎《いさぶろう》と、兄弟の母親で四十を少し出た佐枝《さえ》だけだった。

この熟《う》れた佐枝と、若妻の菊代の美貌《びぼう》が、弥助を悩ませるのである。

国許《もと》では、これほど美しい女など見たことがなかった。

だから弥助は、当家へ来たとき、身命《しんめい》を賭《と》して奉公しようと固く心に決めたのである。

今までは、根無し草のようだった素破が念願の主家を持ったのだから、忠義の心は胸に深く刻《きざ》みつけたが、半年も暮らすうちに言いようのない淫気に悶々《もんもん》となった。

もちろん身近であっても、旗本の面々は彼からすれば雲の上の人であった。

そして、いけないと思いつつ、寝起きしている物置小屋で手すさびするとき、否応《いやおう》なく佐枝や菊代の顔が浮かんでしまうのだった。

最近では、素破の術を使い、厠《かわや》や湯殿《ゆどの》を覗《のぞ》くこともはじめてしまった。しかも体臭の沁《し》み付いた肌着や足袋《たび》などもこっそり嗅《か》ぎ、無尽蔵に湧いてくる熱い精汁を放つ日々が続いていた。

このままでは、本当に狼藉に及んでしまいそうな気がして、弥助は自分を抑える自信が失われつつあったのである。

「弥助、来て」

いている。

佐枝は祥月命日《しょうつきめいにち》で墓参《ぼさん》、主人の圭之進は学問所、伊三郎もその手伝いに出向いている。

通いの賄《まかな》いはまだ来ていないので、他には誰もいなかった。

「はい、只今《ただいま》」

弥助は答えると、箒《ほうき》を置いて縁側へ駆《か》け寄った。

「上がって。花はよく眠っているようね」

菊代は言って彼の背から花を受け取り、奥へ入った。その時ふと肩越しに、菊代の甘い吐息が感じられたが、努めて平静を保ちながら弥助も草履《ぞうり》を脱いで縁側から上がり込んだ。

菊代は花を布団《ふとん》に横たえ、敷かれていた自分の布団に座った。いつも花に添い寝するため、彼女の布団も敷かれているのが常《つね》のようだ。

「弥助に頼みがあります」

「はい、何なりと」

言われて答えると、何と菊代が帯を解いて着物を脱ぎはじめたではないか。

襦袢《じゆばん》の胸もはだけると、何とも白く豊かな乳房が露《あら》わになった。

「お、奥方様……」

「誰にも内緒ですよ。乳が張って辛《つら》いので吸い出しておくれ」

菊代が言い、弥助は激しく動揺しながら彼女の乳房を見た。確かに濃く色づいた乳首には、ポツンと白濁の乳汁が雫《しずく》を脹《ふく》らませている。花も、寝付いたばかりだからすぐ吸わせるわけにもいかないのだろう。

張った辛さは男の弥助には分からないが、菊代が淫《みだ》らな気持ちで求めているのではなく、本当に切羽《せっぱ》詰まっているのだろうと思った。

「吸い出したら、これに吐き出しなさい。さあ」

菊代はほんのり頬《ほお》を染めて言い、懐紙《かいし》を差し出してきた。

「はい、では……」

弥助は受け取って答え、にじり寄った。

顔を寄せると、生ぬるく甘ったるい体臭が悩ましく彼の鼻腔《びこう》を刺激してきた。

汗と乳汁の入り混じった匂いで、いくら抑えても若い肉棒は下帯の中ではち切れそうに膨張《ぼうちょう》していた。

雫の滲《にじ》む乳首にチュッと吸い付くと、

「アア……」

菊代が熱く喘《あえ》ぎ、いきなり両手を回すと、きつく弥助の顔を胸に抱きすくめてきた。

彼は顔中に密着する膨《ふく》らみに心地よい窒息感《ちっそく》を覚え、隙間から呼吸しながら甘ったるい匂いに噎《む》せ返った。

雫を舐《な》め取り、強く吸い付きながら乳首の芯《しん》を唇《くちびる》で挟み付けると、生ぬるい乳汁が薄甘く彼の舌を濡らしてきた。もちろん吐き出すような勿体《もったい》ないことは出来ず、そのまま喉《のど》を潤した。

「の、飲んでいるの……？　ああ、いい気持ち……」

菊代が囁《ささや》き、彼の顔を抱いたまま横になった。弥助も添い寝し、腕枕《うでまくら》される形になって吸い続けた。味と匂いと温《ぬく》もり、そして生まれて初めて女に触れた悦《よろこ》びで、今にも射精しそうだった。

しかも相手は、旗本の奥方なのである。

飲んでいるうち、心なしか膨らみの張りが和《やわ》らいできたようだ。

「こっちも……」

菊代が言い、やんわりと彼の顔を引き離し、もう片方の乳首を突き付けた。

そちらも含んで吸い、彼は新鮮な乳汁でうっとりと喉を潤した。

乳房は柔らかさを取り戻していったが、彼女の息遣いは次第に熱く荒くなっていった。

その湿り気ある吐息が肌を伝い、鼻腔をくすぐってきた。美女の息は花粉のように甘い刺激を含み、ほんのりとお歯黒《はぐろ》の鉄漿《かね》による金臭い香りも混じって彼の胸を掻《か》き回した。

「も、もういいわ。有難《ありがと》う……」

やがて左右とも充分に吸い出すと菊代が言い、横たわったままハアハアと荒い呼吸を繰り返した。弥助も口を離し、甘ったるい残り香を味わいながら、しばし添い寝したまま鼓動を整えた。

しかし菊代が覆《おお》いかぶさるようにしながら、彼の股間に手を這《は》わせてきたのである。

「すごいわ。こんなに硬く勃《た》ってる……」

「あ……、も、申し訳ありません。決して奥方様に妙な気など……」

刺激にビクリと身じろぎ、弥助は硬直しながらしどろもどろに答えた。

すると菊代が身を起こし、彼の裾《すそ》を開くと腰を浮かせて股引《ももひき》を下げ、下帯まで解き放ってしまったのだ。

ピンピンに勃起した一物を、生まれて初めて女に見られ、弥助はどうして良いか分からず、ただ身を強《こわ》ばらせるだけだった。

「すごく、大きい……。まだ子供だと思っていたのに……」

菊代が熱い視線を釘《くぎ》付けにして呟《つぶや》き、とうとう直《じか》に指で触れてきた。

弥助は小柄で童顔なので、年齢よりずっと下に見られていたのだろう。

しなやかな指先が幹《みき》をそっと撫《な》で上げ、やんわりと手のひらに包み込み、硬度を確かめるようにニギニギと動かしたのだ。

「あうう……、い、いけません、漏《も》れてしまいます……」

弥助は急激に高まりながら呻《うめ》き、切羽詰まった声で警告を発した。今までは、どんな過酷な修練にも耐え抜いてきたが、この絶大で畏《おそ》れ多い快楽だけは耐えられそうになかった。

「そんなに早く我慢できなくなるの？　お前、まだ何も知らないのね」

菊代が微妙な愛撫《あいぶ》を続けながら訊《き》き、彼も混乱の中で小刻みに頷《うなず》くのがやっとであった。

「いいわ、お出しなさい。我慢しなくて良いから、お乳を吸い出してくれたお返しに」

彼女は言うなり屈《かが》み込み、何と先端に舌《した》を這わせてきたではないか。粘液の滲む鈴口をチロチロと舐め、張りつめた亀頭にもしゃぶり付くと、そのまま丸く開いた口にスッポリと呑《の》み込んでいったのだ。根元近くの幹を唇で締め付けて吸い付き、熱い息を股間に籠《こ》もらせながら、口の中ではクチュクチュと舌がからみつくように蠢《うごめ》いた。

二

「ああ……、ど、どうか、ご勘弁を……」

弥助は声を絞り出し、否応ない快感に身悶《みもだ》えた。

それにしても、旗本の奥方が最も下っ端《ぱ》の奉公人の一物を舐めたりするだろうか。

彼は艶夢《えんむ》の中にいるような心地がしたが、あくまでもこれは現実であった。江戸では、いや世の中では、まだまだ弥助などの思いも付かない出来事が起こるのである。

菊代の舌は滑らかに蠢き、一物は生温かな唾液《だえき》にまみれて震えた。

弥助は無意識に、ズンズンと股間を突き上げてしまった。すると菊代も合わせるように、小刻みに顔を上下に動かし、濡れた口でスポスポと強烈な摩擦《まさつ》を開始してくれたのだ。

「い、いく……、アアッ……！」

たちまち限界が来て、彼は声を上ずらせて喘ぎながら、今までに得たこともない大きな絶頂の快感に全身を貫《つらぬ》かれてしまった。

同時に、ありったけの熱い精汁が、ドクンドクンと勢いよくほとばしり、菊代の喉の奥を直撃した。

「ク……、ンン……」

菊代が噴出を受け止めて小さく呻き、それでも口を離さず吸引と舌の蠢きを繰り返してくれた。

弥助は、溶けてしまいそうな快感に身を震わせ、武家の奥方の口を汚すという禁断の思いの中、とうとう心置きなく最後の一滴まで出し尽くしてしまった。

「ああ……」

彼は声を洩《も》らし、グッタリと身を投げ出した。

すると、ようやく菊代も舌の蠢きを止めてくれたのだった。

しかし、まだ口は離さず、亀頭を含んだまま口に溜まった大量の精汁を、ゴクリと一息《ひと》に飲み干してくれたのである。

「あう」

乳汁を飲んでくれたお返しとは、こういうことなのかと混乱の中で思いながら弥助は嚥下《えんか》とともにキュッと締まる口腔の刺激に呻いた。

飲み干すと、菊代もスポンと口を引き離し、なおもニギニギと幹を擦《こす》って余りを絞り出し、鈴口に脹らんだ雫まで丁寧にペロペロと舐め取ってくれたのだ。

「く……、ど、どうか、もう……」

弥助は降参するように腰をよじり、幹を過敏に反応させながら哀願した。

菊代も舌を引っ込めて息を吐き、ヌラリと淫らに舌なめずりすると再び添い寝してきた。

「飲んだの初めてよ……、若いから、濃くて多いわ……」

彼女が囁いた。その吐息に精汁の生臭さは残らず、さっきと同じ甘く悩ましい花粉臭がして、彼は美女の匂いを貪《むさぼ》りながら余韻《よいん》に包まれた。

初めてと言っても、旗本の夫婦が一物を口で愛撫することが罷《まか》り通っていることも、相当な驚きであった。

「ね、弥助。誰にも内緒で、私のも舐めてくれる……？」

「は、はい……、何なりとお命じ下さいませ……」

菊代の囁きを信じられない思いで聞き、彼はすぐにも返事をしていた。

すると菊代は横になったまま、乱れた襦袢を開き、腰を浮かせて手早く腰巻を取り去ってしまった。

「さあ、好きなように……」

身を投げ出して言うので、弥助はいっぺんに余韻が吹き飛び、新たな淫気に全身を包まれた。しかも射精直後だから、冷静な部分もあってつぶさに観察できそうだった。

菊代は長い睫毛《まつげ》を伏せ、神妙に仰向《あおむ》けになっているが、その豊かな乳房は息づき、腹も小刻みに波打っていた。

さすがに旗本の奥方として、下男に淫気を解消させようというのだから、相当に切羽詰まった思いなのだろう。整った顔立ちは緊張に強ばり、透けるように白い肌も青みを帯《お》びていた。

弥助は、もう一度全裸になった菊代の乳首を含んで吸い、左右とも舐め回してから、彼女の腋《わき》の下にも鼻を埋め込んでいった。

淡《あわ》い腋毛に鼻を擦りつけて嗅ぐと、以前肌着を嗅いだときのような甘ったるい匂いが悩ましく鼻腔を刺激してきた。しかも残り香ではなく、生ぬるく新鮮な体臭である。

その刺激が鼻腔から胸に沁み渡り、さらに射精直後の一物をムクムクと回復させていった。

彼は胸いっぱいに嗅いでから滑らかな肌を舐め下り、腹の真ん中へ移動して形良い臍《へそ》を探り、張り詰めた下腹から腰、ムッチリとした太腿《ふともも》へと下りていった。

「アア……」

菊代が熱く喘ぎ、次第にじっとしていられないようにクネクネと身悶えはじめた。

弥助は脚を舐め下り、まばらに体毛のある脛《すね》に舌を這わせ、足首まで下りると足裏に回り込んだ。そして踵《かかと》から土踏まずに舌を這わせた。

もちろん内心では、早く陰戸《ほと》を舐めてみたいが、せっかく射精したばかりなのだから性急になるのは勿体なく、菊代も好きにして良いというので、この際だから隅々まで味わってみたかった。

「ああ、そのようなところ……」

菊代は驚いたように言って身じろいだが、拒《こば》むことはしなかった。縮こまった足指の間に鼻を割り込ませて嗅ぐと、そこは汗と脂《あぶら》にジットリ湿り、蒸《む》れた匂いが濃く沁み付いていた。

彼は憧れの奥方の足の匂いで鼻腔を満たし、爪先《つまさき》にしゃぶり付いて順々に舌を挿《さ》し入れて味わった。

「あう……、駄目、汚いからお止《よ》し……」

菊代はたしなめるように言ったが、すでに力が入らず撥《は》ねのけることも出来ないようだった。

弥助はもう片方の足もしゃぶり、味と匂いが薄れるまで貪ってしまった。

そして股《また》を開かせ、脚の内側を舐め上げて股間に顔を進めていった。

白く滑らかな内腿《うちもも》に頬ずりし、とうとう憧れの神秘の部分に迫った。

股間の丘にはふんわりと恥毛が茂り、割れ目からはみ出した花びらが露《つゆ》を宿して震えていた。

そっと指を当てて陰唇を左右に広げると、桃色の柔肉が露わになった。

里でも、行商人が置いていった春本を見たことがあり、彼は思い出しながら一つ一つつぶさに観察した。

花が生まれ出てきた膣口《ちつ》が、花弁のように襞《ひだ》を入り組ませて息づき、尿口の小穴もはっきり確認できた。そして包皮の下からは、ツヤツヤと綺麗《きれい》な光沢のあるオサネがツンと突き立ち、股間全体には悩ましい匂いを含んだ熱気と湿り気が籠もっていた。

「アア……、そんなに見るものではありません……」

彼の熱い視線と息を感じ、菊代が下腹をヒクヒク波打たせて言った。

そろそろ舐めろというのだろう。弥助は察したように顔を埋め込み、柔らかな茂みに鼻を擦りつけて嗅いだ。

隅々には、腋に似た甘ったるい汗の匂いが馥郁《ふくいく》と籠もり、それにゆばりの匂いも艶《なま》めかしく混じって鼻腔を刺激してきた。

舌を這わせ、陰唇の内側に挿し入れていくと、生ぬるいヌメリが淡い酸味を伝えてきた。膣口の襞をクチュクチュと掻き回し、滑らかな柔肉をたどってオサネまで舐め上げていくと、

「ああッ……、そこ……」

菊代がビクッと反応して口走った。

やはり春本に書かれていた通り、オサネが最も感じるようだ。

舌先でチロチロと弾《はじ》くように舐めると、彼女の肌の震えが激しくなり、淫水の量も格段に増してきた。

さらに弥助は彼女の両脚を浮かせ、突き出された尻の谷間に迫った。

桃色の蕾《つぼみ》が襞を震わせていたが、出産の名残《なごり》だろうか、それは僅《わず》かに枇杷《びわ》の先のように盛り上がり、実に艶めかしい形をしていた。

鼻を埋めて嗅ぐと、双丘が顔中に心地よく密着し、秘めやかな匂いが鼻腔を刺激してきた。

やはり美しい武家の奥方でも用を足すのである。いや、何度も厠を覗いたが、こうして間近にして嗅ぐと、なおさら感激と興奮が高まってきた。

弥助は胸いっぱいに嗅いでから舌を這わせて細かな襞を濡らし、ヌルッと潜《もぐ》り込ませて滑らかな粘膜《ねんまく》を探った。

「あう……、駄目、そんなこと……」

また菊代が驚いたように呻き、肛門でキュッと舌先を締め付けてきた。

彼は内部で舌を蠢かせ、甘苦いような微妙な味わいを堪能《たんのう》し、ようやく舌を引き離して脚を下ろしてやった。

そして大量に溢《あふ》れる淫水をすすり、再びオサネに吸い付いた。

「アア……、もっと強く吸って、いっぱいお舐め……」

菊代も次第に夢中になって口走り、彼の頭に手を当ててきた。現実に、男が股間に顔を埋めているのを確かめ、さらに大胆にもグイグイと押し付けてきたのである。

弥助も、自分のような拙《つたな》い愛撫で、若奥方が感じてくれるのがこの上なく嬉しく、熱を込めて舌を蠢かせ、執拗《しつよう》に吸い付いた。

すると菊代も、自ら両手で豊かな乳房を揉《も》みしだき、何度もズンズンと股間を突き上げ、さらに強烈な愛撫を求めてきたのだった。

三

「な、なんて気持ちいい……、弥助、指を入れて……」

菊代が仰《の》け反《ぞ》りながらせがみ、彼もオサネを吸いながら指を膣口に挿し入れ、小刻みに内壁を擦った。

溢れるヌメリが指の動きを滑らかにさせ、クチュクチュと淫らに湿った音が響いた。

「お、お願い、弥助、お前が欲しい。入れて……」

するとにとうとう菊代が最後の行為を望んで言った。

弥助も、彼女の味と匂いを刻みつけるように堪能してから、顔を上げた。

「そ、それぱかりはお許し下さいませ。奥方様に乗るわけに参りません。どうしても仰《おつしや》るなら、私が下に……」

彼は股間から離れて懇願した。

確かに、主家の奥方にのしかかるわけにはいかないし、彼は下から美しい顔を仰ぐのを手すさびの時に夢想していた。

それに素破特有の警戒心も働いた。もし本手《ほんて》（正常位）で行なったら、夫の圭之進と交《まじ》わるとき、思わず弥助の名を口走らないとも限らない。

体位が違えば、いかに快楽に混乱しようとも間違えることはないだろう。

まだ無垢《むく》ながら、一瞬にして弥助はそこまで考え、結局は自分の憧れだった茶《ちや》臼《うす》（女上位）に持っていこうとした。

「分かりました。では私が上に……」

菊代も息を弾《はず》ませながら納得し、ゆっくりと身を起こしてきた。

入れ替わりに仰向けになると、枕に沁み付いた菊代の匂いが感じられ、溢れた淫水に湿った敷布が腰を濡らした。

　すると彼女が再び一物に屈み込み、硬度を確認するように亀頭をしゃぶり、唾液に濡らしてくれた。

　そしてすぐに顔を上げて、恐る恐る跨《また》がってきた。

　もちろん上になるなど初めてのことだろう。

　唾液に濡れた先端に、ぎこちなく割れ目を押し付け、自ら指で陰唇を広げて膣口に位置を定めた。

　そして菊代は大きく息を吸い込んで止め、最後の一線を越える覚悟を決めてから、ゆっくりと腰を沈み込ませてきた。

　張りつめた亀頭が潜り込むと、あとは彼女の重みと大量の潤いに助けられ、ヌルヌルッと滑らかに根元まで受け入れていった。

「アアッ……！」

　菊代がビクッと顔を仰け反らせて喘ぎ、完全に座り込んで股間を密着させた。

　弥助も、何とも心地よい肉襞の摩擦と締め付け、熱いほどの温もりとヌメリに包まれ、危うく漏らしそうになるのを必死に堪《こら》えた。

　もしさっき菊代の口に射精していなかったら、この挿入の刺激だけで、あっという間《ま》に漏らしていたことだろう。

彼女は弥助の胸に両手を突っ張り、上体を反らせ気味にしながら、密着した股間をグリグリと動かし、若い無垢な肉棒を味わうようにキュッキュッと締め付けていた。

豊かな乳房が艶めかしく揺れ、また新たな乳汁が濃く色づいた乳首から滲みはじめていた。

「すごい、硬くて大きい……」

菊代が言い、身を起こしていられなくなったように重なってきた。

弥助も両手を回して抱き留め、僅かに両膝《ひざ》を立てて尻を支えた。

「ああ……、とうとうしてしまった……」

菊代が、近々と彼の顔を見下ろして囁いた。してみると、彼女もまた熱い淫気に悶々となり、弥助と情交したかったのだろう。

「口を、吸って……」

彼女が言い、上からピッタリと唇を重ね合わせてきた。弥助は柔らかく密着する感触と、唾液の湿り気に陶然《とうぜん》となりながら吸い付いた。

すると彼女が舌を挿し入れてきたので、弥助も歯を開いて受け入れ、ヌラヌラとからみつけた。

「ンン……」

菊代が熱く呻いて滑らかに舌を蠢かせ、彼は生温かな唾液をすすりながら膣内の一物をヒクヒクと震わせた。

「アア……、いい、もっと突いて……」

口を離した菊代が、淫らに唾液の糸を引きながら喘ぎ、徐々に腰を動かしはじめた。弥助も股間を突き上げると、次第に互いの動きが一致し、ピチャクチャと淫らな摩擦音が響いた。

「い、いきそう……」

菊代が近々と顔を寄せて喘ぎ、動きを速めて言った。

弥助は喘ぐ口に鼻を押し付け、熱く湿り気ある、花粉臭の息を胸いっぱいに嗅いだ。

すると彼女も、光沢あるお歯黒の間から桃色の舌を伸ばし、まるで一物をしゃぶるかのように弥助の鼻の穴をヌラヌラと舐め回してくれたのだ。

「ああ……」

彼は、生温かなヌメリにまみれながら、美女の悩ましい唾液と吐息の匂いに高まって喘いだ。

そして快感に任せて突き上げを強めていくと、膣内の収縮が活発になり、大量に溢れる淫水が彼のふぐりから肛門の方にまで伝い流れてきた。

「い、いく……、弥助、もっと……、アアーッ……！」

たちまち菊代がガクガクと狂おしい痙攣《けいれん》を開始し、赤ん坊が目を覚ますのではないかと思えるほど激しく喘いだ。

どうやら気を遣《や》ってしまったようで、その収縮に巻き込まれるように弥助も二度目の絶頂を迎えた。

「く……！」

さっき以上の大きな快感に呻き、彼はありったけの熱い精汁をドクンドクンと勢いよく内部にほとばしらせ、奥深い部分を直撃させた。

口で吸い出されるのも夢のような快感だったが、やはりこうして男女が一つになり、ともに快感を分かち合うのが最高なのだと実感した。

「あう、熱いわ、いい……！」

噴出を感じた菊代が、駄目押しの快感を得たように呻いた。

そして締め付けを続けながら激しく律動《りつどう》し、彼も心ゆくまで快感を味わい、最後の一滴まで出し尽くしたのだった。

すっかり満足しながら突き上げを弱めていくと、

「ああ……」

菊代も満足げに声を洩らすと、肌の強ばりを解いてグッタリともたれかかってきた。

互いに動きが止まっても、まだ膣内は名残惜しげな収縮が繰り返され、刺激されるたび過敏になった一物が内部でピクンと跳《は》ね上《あ》がった。

「あう、もう堪忍《かんにん》……、暴れないで……」

菊代も敏感になっているように言い、一物の脈打ちを押さえつけるようにキュッときつく締め上げてきた。

弥助は力を抜いて彼女の重みと温もりを受け止め、熱く甘い刺激の吐息を間近に嗅ぎながら、うっとりと快感の余韻に浸《ひた》り込んだ。

「私は、大変なことを……」

荒い呼吸を繰り返しながらも、激情が過ぎ去ると菊代は自分の罪の重さに声を硬くして股間を引き離した。

そしてゴロリと横になり、放心しながらもたまに思い出したようにビクリと肌を震わせていた。

「無かったことに致しますので、どうかお忘れ下さい。くれぐれも、落ち込みなさいませぬよう……」

弥助は身を起こして言い、懐紙で彼女の陰戸を優しく拭《ぬぐ》ってやった。

そして自分の一物も手早く処理すると、急いで身繕《みづくろ》いをした。

「ええ、そうですね……。私が望んだことなのですから……」

菊代も呼吸を整えると、ようやく起き上がって身繕いした。

もちろん弥助は、情交したからといって図々《ずうずう》しく今後とも何度も求めるようなことをするつもりはなかった。むしろ感謝の気持ちでいっぱいであり、今まで以上に忠義を尽くそうと思ったのだった。

いつの間にか外は曇り、小雨が降りはじめたようだ。

「弥助、そろそろ伊三郎さんが帰ってくる頃だろうから、途中まで傘を持って迎えに行っておくれ」

「承知しました。行って参ります」

髪を整えながら菊代が言い、弥助も答えて深々と辞儀《じぎ》をした。

一人にさせても、幼い花がいるのだから、まず自害するようなことはないだろう。たおやかに見えても、女とは案外男以上に強《したた》かなものだと、里で訳知り顔の男が言っていた。

弥助は、まだ夢の中にいる心地のまま、雲を踏むような足取りで傘を持って屋敷を出たのだった。

四

（一体どうしたものか。このままでは……）

伊三郎は、雨の中を歩きながら思った。

どうにも淫気が湧き上がり、悶々としてしまうのである。

文化《ぶんか》元年（一八〇四）、もう桜も散った三月半《なか》ば。

二十歳の伊三郎は養子の当てもなく、ただこうしてたまに兄の手伝いで学問所へ行く程度で役職もない。

兄の圭之進は今宵《こよい》も宿直《とのい》だから、兄嫁《よめ》の菊代も一人だろう。何とかならないかと妄想はするが、もちろん彼女に手ほどきを受けるなど不可能である。

菊代が入っている厠や湯殿を覗きたいという衝動にも駆《か》られるが、万一見つかったらと思うと、その勇気が出ない。

賄いに通っている町家の娘、十七になる桃香《ももか》も可憐《かれん》で魅力的だが、武家の威光で言いなりにさせるのは抵抗があった。

とにかく手すさびでは追いつかないほどの淫欲が彼を苦しめ、もうどんな不器量な女の家でも良いから婿《むこ》に入りたいと思うのだった。

しかし学問は好きだが、兄ほど武芸の腕はなく、むしろひ弱で色白。何にでも秀でていた兄には何一つ敵《かな》うものがなかった。

(女を愛《め》でる淫気だけは負けないのだがなあ……)

伊三郎は思い、小雨の中を歩いた。

八つ(午後二時)の鐘《かね》が鳴っている。傘はないが、淫気に火照った頬にかかる小雨が心地よかった。

と、彼方《かなた》から小走りにこちらに向かってくる男がいた。

弥助である。

無口で実直、小柄だが力仕事も楽にこなし、末っ子の伊三郎にとっては弟分のように思っていた。

「伊三郎様、傘を」

「やあ、有難う」

弥助の差し出す傘を受け取って言い、伊三郎は一緒に歩いた。弥助は傘がないので差しかけようとしたが、彼は遠慮して少し後ろを黙々とついてきた。

「弥助は、くにへ帰りたいとは思わないか」

「いえ、顔見知りはおりますが、じいが死んで身寄りはいませんし、何もないところですので」

話しかけると、弥助が後ろから答えた。

「そうか。だがお前は自由で良いな。そのうち可愛《かわい》い嫁《よめ》でも見つけ、夫婦で働くと良い」

伊三郎は言った。旗本では、好きになったからといって勝手に一緒になるわけにもゆかないのだ。

「はあ、伊三郎様こそ、良いお相手が見つかると良いのですが」

「あはは、お前に言われるまでもない」

伊三郎は言い、この弥助は淫気に悶々としないのか、どのように処理しているのだろうかと思った。

と、その時である。傍《かたわ》らの神社の境内《けいだい》から女の声が聞こえた。

「何だ？」

伊三郎が言うと、いち早く弥助が向かい、様子を窺《うかが》った。

弥助に続いてそっと見ると、本殿の前で若い武家女が雨宿りでもしていたのか、その前を三人の武士が取り巻いている。伊三郎はそのうちのひとりに目をとめた。

「あれは、田所《たどころ》様……」

「ご存じの方ですか」

思わず言うと、弥助が訊いた。

「ああ、新番組頭の末っ子の祐馬《ゆうま》様でたちが悪い」

伊三郎は重い気持ちになって答えた。

十代の頃は道場でさんざん伊三郎を苛《いじ》め、今も手下を引き連れて町を闊歩《かっぽ》している破落戸《ごろつき》まがいの不良旗本である。

世は泰平《たいへい》だが、だからこそ欲求や不満が溜まっているのだろう。先月も芝神明《しばしんめい》社境内で、相撲《すもう》取りと鳶《とび》で火消しのめ組との大喧嘩《おおげんか》があったばかりで、死者が出るほどの大騒動となった。

誰もが、平穏な暮らしに退屈しているのかも知れない。

そして田所家の新番組頭と言えば五百石、とても百石の伊三郎などが逆らえぬ相手であった。

他の二人は腰巾着《こしぎんちゃく》の山尾《やまお》と塚田《つかだ》で、三人とも伊三郎より一歳上。言い寄っているところを見ると、あの美女を見初《みそ》めたのだろう。

祐馬も、婿養子先を探して悶々としている口かも知れない。

「とにかく傘をお貸しするのでお付き合い下さい。悪いようにはしませんので、さあ、志乃《しの》殿」

祐馬が美女に迫ったが、志乃と呼ばれた二十歳ばかりの女は困惑しながらも首を横に振っていた。祐馬の言葉遣いからして、志乃も相応《そうおう》の身分なのだろう。

「困ります。間もなく家の者が迎えに参りますので、どうかこのまま」

「いいや、今日こそ私の胸の内を分かって頂きたい」

祐馬が押し被せるように言った。赤らんだ顔と声の大きさから、どうやら暇《ひま》を持て余し、三人とも昼間から酔っているようだった。

「お助けしましょう」

「え……？」

弥助の囁きに、伊三郎は思わず聞き返した。

「そ、それは、助けたいのは山々だが……」

「私にお任せを。とにかく連中の前に行って女の方を庇《かば》って下さい。もし相手が抜刀してきたら、伊三郎様は刀を抜かずに柄《つか》当てを」

弥助が言う。柄当てとは、腰に帯びている刀を突き出し、柄頭《つかがしら》で当て身を行なうことである。

「そ、そんなこと……」

「大丈夫。私が何とか致しますので、どうか信じて下さいませ。必ず、あの女の方と良い仲になれます」

弥助が自信満々に頷いて言うので、伊三郎はその胆力に思わず身じろいだ。

そして、確かに助ければあの美女と知り合いになれる。それは何より嬉しいことではないか。

「私が隠れていることは内緒に。さあ」

背を強く押されて、伊三郎はつんのめるようにして境内へ足を踏み入れてしまった。

「お、お待ち下さい。田所様」

もう仕方がない。伊三郎は震えを隠し、居直ったように声を掛けた。

「何だ、吉村ではないか。道場にも来なくなった貴様が何の用だ」

祐馬が振り返り、ジロリと睨《にら》み付けた。

伊三郎は、そのまま小走りに進んで志乃の前に立ちはだかった。

「嫌がっておられるようなので、どうかご勘弁下さい」

「なに、貴様は志乃殿と知り合いか」

「いいえ、いま通りすがりに見かけただけです」

伊三郎は言い、正面の祐馬に、左右からの二人、三人の眼光を浴びて膝を震わせた。

すると背後の志乃が、

「どうか、お助け下さい……」

伊三郎に向かい、声を震わせて囁いた。

その様子に、祐馬が太い眉《まゆ》を吊《つ》り上げた。

「そうか、吉村ごときが匹夫《ひっぷ》の勇《ゆう》を奮《ふる》おうというのか。その度胸は褒《ほ》めてやるが、貴様の腕で俺に敵うと思うか」

祐馬は言いながら、いきなりスラリと抜刀してきたのだ。むろん斬《き》る気などなく、脅《おど》しだろうが伊三郎は身がすくんだ。

「そら、斬られたくなかったら貴様も抜け」

祐馬が言いつつ一歩踏み込んできた。咄嗟《とっさ》に伊三郎は右手を柄に掛け、鞘《さや》ぐるみ前に突き出し、柄頭を相手の水月《すいげつ》に向けた。

「むぐ……！」

その時、当たってもいないのに祐馬が呻いて硬直し、そのままガクリと膝を突いたのだ。

（え……？）

伊三郎が驚く暇もなく、

「こいつ……！　我らに刃向かうか！」

左右から山尾と塚田も鯉口《こいぐち》を切って迫ってきた。伊三郎が同じように、二人に向けて柄頭を突き出すと、

「うッ……！」

「く……！」

二人も呻くなり、苦悶《くもん》に顔を歪《ゆが》めてうずくまってしまったではないか。

伊三郎は夢でも見ている気分だった。

「お、覚えていろ。酔っていなければ貴様ごとき……」

と、祐馬は忌々《いまいま》しげに起き上がって言い、納刀しながら足早に境内を出てゆくと、二人も苦しそうに腹を押さえながら従った。

「あ、有難うございました……」

志乃が縋《すが》るように言い、甘い匂いを感じた伊三郎は、諍《いさか》い以上に緊張してしまった。周囲を見ると弥助の姿はなく、開いたままの傘がそこに置かれているだけであった。

五

「お迎えの方が来ると仰いましたが」

「いいえ、あれは嘘《うそ》です」

伊三郎が言うと、ようやく元気を取り戻した志乃が笑みを浮かべて答えた。

「そうでしたか。ではお送り致しましょう」

彼は言って傘を持つと、自分が濡れるのも構わず志乃の方にだけ傘を差し掛けて歩いた。

志乃も悪びれずに歩き、幸い雨のため通る人もなく、男女が二人で歩いているところを誰にも見られることはなかった。

「田所様は、いつもあのように？」

「はい、昼間からお酒を飲んで、何かと言い寄ってきて困ります。あ、私は永江《ながえ》志乃と申します」

「吉村伊三郎です」

「家は何を？」

「兄が学問所の勤番組頭ですが、私は部屋住みです」

「左様《さよう》ですか。あ、うちのものが」

志乃が、向こうから傘を持ってくる女を認めて言った。三十ばかりの女も気づいて、小走りに駆け寄ってきた。どうやら帰りが遅いし、雨も降ってきたので迎えに来たようだ。

「お嬢様。何ですか、殿方《とのがた》と同じ傘で歩くなど」

艶《つや》っぽい女が言い、志乃も彼女の差し掛ける傘に移った。

「良いのです。危ないところを助けて頂いたので」

志乃が言うと女が伊三郎をジロリと値踏みし、彼も頭を下げた。

「吉村伊三郎と申します」

「私は永江家の乳母《うば》、雪絵《ゆきえ》と申します。お礼は後日あらためまして」

追い返すように言うが、伊三郎の家もこちらなので、しばらく二人の後を付いて歩いた。

「家はここですので、ではどうぞ御免下さいませ」

やがて大きな門の前で志乃が言って辞儀をした。表札には永江とあるが、何しろ大きな屋敷である。

（まさか、小普請奉行《こぶしんぶぎよう》の永江様……？）

伊三郎は思い当たり、急に緊張が増してきた。小普請奉行ともなれば二千石の大旗本である。

確か奉行には一人娘がいると聞いていたが、それが志乃なのだろう。

それで祐馬も、彼女の婿養子の口を狙《ねら》っていたようだった。もっとも酔った勢いで迫るのは逆効果だろうに、粗暴な祐馬は、力ずくでも奪ってしまえば志乃の心まで我が物になると思っているのかも知れない。

伊三郎は中に入ってゆく二人に頭を下げ、やがて門が閉じられると大きく呼吸してから帰途《きと》についた。

祐馬たちに睨まれるのは不安であるが、一緒に歩いた志乃の甘い匂いが鼻腔に甦《よみがえ》り、さらに様々な種類の緊張が伊三郎に襲いかかっていた。

帰宅すると、伊三郎は菩提寺《ぼだいじ》から帰宅していた母親の佐枝と兄嫁の菊代に挨拶《あいさつ》してから、自室にしている離れに入った。ここは亡父の隠居所だった建物で厠もあり、食事と風呂だけは母屋《おもや》を使っていた。

部屋に入って刀架《かたなかけ》に大小を置き、羽織《はおり》を脱いで衣紋《えもん》掛けに掛けた。

「弥助、いるか」

「はい」

「入ってくれ」

言うと、弥助が静かに入ってきて、部屋の隅に端座《たんざ》した。

「お帰りなさいませ」

「ああ、さっきは有難う。言われるまま、思い切って事を起こして良かったと思う。ただ三人の報復が心配だが」

「外出の時は、常に私がおりますので」

「そうか、さっきはどうしたわけで三人が倒れたのだ」

伊三郎は、まず第一番の疑問を口にした。

「私の飛礫《つぶて》によるものです」

「飛礫……、石を投げたのだな。いかにも柄当てをしたようにか。お前は何者なのだ。ただの百姓ではあるまい」

「はい、じいともども、筑波の素破の里に生まれ育ちました」

「素破……？　この泰平の世に、そのようなものが……」

言われて、伊三郎は目を丸くした。

「田畑の仕事の合間に、鍛錬を続けて参りました。それが、里に生まれたものの掟でございますので」

「ふうん、信じられん。だがお前の術に助けられたのだ。本当だろうし、他にも多くの術があるのだろうな」

伊三郎は言い、小さく溜息《ためいき》をついた。

「あの志乃殿という女は、小普請奉行の一人娘だった」

「それは良うございました」

「良いどころじゃない。うちの二十倍もの石高《こくだか》の大旗本で釣り合いが取れない。もう二度と縁など持てないだろう」

「でも、同じ、人でございますから」

弥助が言う。

「確かに、同じく人ではあるが、武家には格というものがあるのだ。同じ程度の石高であれば、実に良い縁だったのだが。お前から見れば、つまらん拘《こだわ》りと思うだろうな」

「いえ」

「とにかく、また学問所へ使いに行くときは一緒に来てくれ」

「承知しております。では、これにて」

弥助は辞儀をして部屋を出て行った。

伊三郎は、また溜息をついてあれこれ思った。どうしても、祐馬たちとの諍いと、志乃との出会いが交互に浮かび、喜んで良いのか不安に思うべきか分からなくなってしまった。

少し休息していると、やがて桃香が夕餉《ゆうげ》を告げてきた。

十七歳の桃香は小間物屋の娘で、やがて嫁入りするときに箔《はく》が付くので、行儀見習いを兼ねて旗本に奉公している。

笑窪《えくぼ》に八重歯《やえば》の愛くるしい町娘で、伊三郎の手すさびでは、兄嫁の菊代に匹敵するほど多く妄想でお世話になっていた。

母屋へ行くと、もう雨も上がって西空が赤く染まっていた。

まるで、単調だった伊三郎の暮らしを一変させるためだけに降った通り雨のようだった。

佐枝と菊代は座敷で夕餉を囲み、伊三郎は圭之進がいないので遠慮して厨《くりや》の隅で食事した。

「もう暗くなったが大丈夫か。弥助に送らせよう」

「いいえ、今夜はお泊まりします。繕《つくろ》い物のお手伝いが残っていますので」

訊くと、桃香が笑顔で答えた。もちろん彼女は給仕をし、伊三郎が済んでから食事するのだ。

桃香も、普通は通いなのだが五日に一回ほど泊まってゆく。

「何か繕い物はありますか？」

「ああ、あとで見てみよう」

伊三郎は言い、やがて食事を終えると離れへ戻った。今宵は圭之進がいないので風呂は焚《た》いていない。

寝巻に着替えて床《とこ》を敷き延べ、彼はすぐ横になった。

思うのは、やはり祐馬たちへの不安と、志乃の美しさだった。

もう志乃も二十歳ぐらいで、それなりに良縁もあるのだろうが、なぜかまだ婿を取っていない。

（もしも、志乃が自分を選んで話を持ってきたらどうしよう。母も兄も驚くだろうが、いやいや、そんなことあるはずがない……）

伊三郎は思い、とうとう寝巻の裾を開いて下帯を解き、勃起した一物をしごきはじめてしまった。

しかし、快感が高まると、ふとした拍子に祐馬たちとの確執《かくしつ》が浮かび、なかなか絶頂に達することが出来なかった。

と、そのとき声がかかったのだ。

「伊三郎様、繕い物を……」

桃香が言い、そっと襖《ふすま》を開けた。

（うわ……！）

伊三郎は慌てて起き上がり、裾を直して一物を隠した。

「まあ、もうお休みだったのですか。申し訳ありません」

「い、いや、済まない。すっかり忘れていたが、綻《ほころ》びは何もないと思う」

伊三郎はしどろもどろに答え、何とか股間は見られないで済んだようだった。

「そうですか。ではまた何かあったら仰って下さいね」

桃香は辞儀をして去っていこうとしたが、ふと顔を上げ、少しためらいつつ口を開いた。

「あの、ご相談があるのですが、物知りの伊三郎様ならご存じかと……」

「何だ？　とにかくこっちへ入りなさい」

彼も答え、桃香を部屋へ招き入れたのだった。

第二章　未通女《おぼこ》と後家《ごけ》の匂い

一

「実は、家ではそろそろ私の嫁《よめ》入り先を決めようなんて話になっています」

桃香が、声を潜めるように話しはじめた。

「そうか、そろそろ年頃だものな。それで？」

伊三郎も、夜に可憐《かれん》な町娘と差し向かいで話し、ほんのり漂う甘い体臭に、落ち着いた一物がまた反応し、全身が熱くなってきてしまった。

何しろ桃香は彼にとって、今までに何度も手すさびの最中に思い浮かべていた女なのだ。

「はい、まだ相手は決まっていないんですが、手習いの仲間とよく話して、いろいろ恥ずかしいことをするとか、最初は痛いと聞いています」

桃香がモジモジと言った。

「ああ、男女のことか。私もまだ何もしたことはないが、仕組みだけは知っているつもりだ」

思いもかけない話題に、伊三郎も胸をときめかせ、もう鎮《しず》めようもないほどピンピンに勃起してしまった。

「痛いというのは、そんなに大きなものが入るのでしょうか。一度だけ仲間と春画を見たことがあって、すごく太くて大きかったものですから」

俯《うつむ》いていた桃香が顔を上げ、無垢《むく》な眼差《まなざ》しで熱っぽく彼を見つめて言った。

「ああ、あれは大きめに描かれているだけで、実際はもっと小さくて、ちゃんと入るものなのだよ」

伊三郎は言いながら、いけない衝動に駆《か》られてしまった。

もう母も兄嫁も奥で寝ている頃だし、桃香は厨《くりや》の脇の小部屋で繕《つくろ》い物をするだけだから、いちいち干渉しないだろう。

「見てみるかい、男のものを？」

伊三郎は思いきって言ってみた。

怖がれば、すぐにも冗談に紛《まぎ》らす用意もしていたのだが、桃香は目を輝かせ、身を乗り出してきたではないか。

「良いのですか？　私、大好きな伊三郎様のものならば、勇気を出して見てみたいです……」

「そう、じゃ近くへ」

彼は好きと言われて嬉しげに答えると、桃香が持ってきていた手燭《てしよく》の火を行燈《あんどん》に移して布団《ふとん》に引き寄せた。

そして乱れていた下帯を取り去ってしまい、裾《すそ》を開いて仰向《あおむ》けになった。

武家の威光で狼藉《ろうぜき》するのではなく、自分が受け身になり、彼女の意思で見る分には抵抗もなかった。

すると桃香もにじり寄り、彼の股間に熱い視線を注いできたのである。

「わあ、すごいわ。こんなに大きく勃《た》っている。でもおかしな形……」

桃香は声を潜めながらも驚いて言い、さらに顔を寄せると様々な角度から観察した。

やはり可憐なばかりではなく、本来は勝ち気な江戸娘であり、好奇心もいっぱいで、ここのところ男女のことばかり考えていたのだろう。

「あの、触ってもいいですか。少しだけ……」

さらに桃香が、願ってもないことを言ってきた。

「うん、好きなようにいじってごらん」

伊三郎も、激しい興奮と震えを抑えながら言うと、彼女は物怖《ものお》じせず手を伸ばしてきた。

桃香は指先で幹《みき》を撫《な》で、張りつめた亀頭に触れ、さらにふぐりにも触れた。

「そこは急所だからそっと、中に二つの玉があるだろう」

「ええ、本当……」

言うと、桃香も答えながらコリコリと微妙に睾丸を確認した。そして袋をつまみ上げて肛門の方まで覗《のぞ》き込んでから、再び肉棒に戻ってきた。

ほんのり生温かく汗ばんだ手のひらに幹を包み込むと、硬度や感触を確かめるようにニギニギと動かした。

「ああ……」

「痛いですか?」

「ううん、すごく気持ちいい……」

伊三郎は、生まれて初めて女に触れられる快感に喘《あえ》ぎ、美少女の手のひらの中でヒクヒクと幹を震わせた。

「動いてるわ。先っぽが濡れてきた……。これが精汁ですか?」

「いや、精汁は白っぽい色なんだ。それは先走りの、気持ち良いときに滲《にじ》む液で、桃香もいじれば濡れるだろう?」

「ええ……」

言うと桃香はモジモジと小さく答えた。どうやら自分で悪戯《いたずら》し、オサネが感じることも濡れることも知っているようだった。

「だから、互いに濡れれば充分に入るように出来ているんだよ」

「分かりました。そして、先っぽから精汁が出るんですね」

桃香が、なおも指でぎこちなく愛撫《あいぶ》しながら答えた。

「ね、桃香のアソコも見ていいかい? まだ知識ばかりで実際は何も知らないので、どのようなものか見ておきたいんだ」

思いきって言うと、桃香がビクリと一物から手を離した。

「え、ええ……、恥ずかしいけれど、伊三郎様のものを見せてもらったから、お返しに……」

桃香が言い、伊三郎は嬉々《きき》として身を起こした。

「じゃ、裾をまくってここに寝て」

言うと桃香も緊張と興奮に頰《ほお》を強《こわ》ばらせて、いったん立ち上がった。

そして厠《かわや》に入るときのように着物と腰巻の裾をからげ、ニョッキリした健康的な脚を付け根まで露《あら》わにしてから、ゆっくりと仰向けになっていった。

「もっと大きく開いてごらん」

「アア……、恥ずかしい……」

伊三郎が屈《かが》み込み、開かれた両膝《ひざ》の間に顔を進めると、桃香は熱く喘ぎながらも、震える内腿《うちもも》を全開にしてくれた。

白くムッチリと張りのある内腿に頬ずりしながら陰戸《ほと》に迫ると、顔中が生娘《きむすめ》の熱気と湿り気に包まれた。

見ると、ぷっくりした丘には楚々《そそ》とした若草が煙《けぶ》り、丸みを帯《お》びた割れ目からは桃色の花びらがはみ出していた。伊三郎は震える呼吸を抑え、恐る恐る指を当て、そっと陰唇を左右に広げてみた。

「く……」

触れられた桃香が息を詰めて小さく呻《うめ》き、ヒクヒクと白い下腹を波打たせた。開かれた陰唇の内部は綺麗《きれい》な桃色の柔肉で、そこは驚くほど大量の蜜汁が溢《あふ》れているではないか。

伊三郎は目を凝《こ》らし、憧れの部分をつぶさに観察した。

中には、まだ無垢な膣口《ちつ》が艶《なま》めかしく閉じられ、小さな尿口があり、光沢ある小粒のオサネもはっきりと見えた。

そして、そっと指先でオサネに触れると、

「あう……！」

桃香が呻き、弾《はじ》かれたようにビクッと激しい反応を示した。

「ここ、気持ちいい？」

「ええ……、でも何だか恐いです……」

「じゃ、いじるのは止《や》めようか」

「いいえ、お嫌でなかったら、もっと……」

桃香は言いながら、旗本《はたもと》が自分の股座《またぐら》に顔を突っ込んでいる状況に、可哀想《かわいそう》なほど呼吸を震わせていた。

伊三郎はいったん指を離し、彼女の両脚を持ち上げた。

白く丸い尻は、彼女の名の通り大きな桃の実のようで、谷間には可憐な蕾《つぼみ》がひっそり閉じられていた。

こんな、お人形のように可憐な娘にも、ちゃんと大小の用を足す穴があるのが何とも言えない興奮と感激をもたらした。

もう堪《たま》らず、伊三郎は吸い寄せられるように美少女の尻の谷間に鼻を埋め、蕾に籠《こ》もる匂いを貪《むさぼ》った。秘めやかな微香が悩ましく胸に沁《し》み込み、彼は何度か深呼吸して鼻腔《びこう》を満たしてから、舌《した》を這《は》わせてしまった。

「あん……、い、いけません、そんなこと……」

桃香が驚いたように声を洩《も》らし、浮かせた脚をガクガク震わせた。

伊三郎は腰を抱えながら、細かに震える襞《ひだ》を舐《な》めて濡らし、ヌルッと挿《さ》し入れて滑らかな粘膜《ねんまく》まで探ってしまった。

「く……！」

桃香が呻き、肛門でキュッと舌先を締め付けてきた。

そして脚をばたつかせて下ろしてしまったので、彼も自然に舌を引き離し、そのまま股間に顔を埋め込んでしまった。

柔らかな若草に鼻を擦《こす》りつけて嗅《か》ぐと、汗とゆばりの匂いが生ぬるく鼻腔を刺激し、彼は胸いっぱいに吸い込みながら陰戸に舌を挿し入れていった。

溢れる蜜汁は淡《あわ》い酸味を含み、舌がヌラヌラと滑らかに動いた。

膣口の襞を掻《か》き回すように舐め、オサネまで味わいながら舐め上げていくと、

「アアッ……！」

桃香がビクッと仰《の》け反り、内腿でムッチリときつく彼の顔を挟み付けてきた。

伊三郎は腰を抱え込んで押《お》さえ、執拗《しつよう》に舌先で小刻みにオサネを舐めては、新たに溢れてくる蜜汁をすすった。

もちろん旗本の身分で、町娘の股に顔を埋めているような抵抗は皆無で、彼は大きな悦《よろこ》びと興奮に包まれていた。

二

「ああ……、駄目です、もう……」

桃香が嫌々をし、少しもじっとしていられないように悶《もだ》えた。

「ここ、気持ちいいだろう？」

「気持ちいいけれど、汚いから申し訳ないです……」

「綺麗だし、すごく可愛《かわい》い匂いだから、もっと舐めていたいんだ」

股間から答え、伊三郎はなおも蜜汁をすすり、オサネを舐め回し続けた。

「アアッ……、変になりそう……」

彼女は腰をくねらせ、新たな愛液を泉のように湧き出させた。

伊三郎は美少女の味と匂いに酔いしれ、さらにオサネを吸いながら指をそっと無垢な膣口に挿し入れてみた。

濡れた穴は、指一本なら難なく入り、温かく締め付けてきた。

一物を入れたら、どんなに心地よいだろうと思えるような内壁のヒダヒダと温《ぬく》もりであった。

「痛いかい？」

「いいえ、痛くないです……」

愛撫するたびに反応を訊《き》くと、桃香も素直に答えた。

もちろん一物を入れてみたいのは山々だが、それは控えなければいけないと思っていた。

やはり生娘でなくなったら、急に桃香の様子が変わり、家の母親や、佐枝や菊代が何か気づいてしまうかも知れない。それに子でも出来たら厄介《やっかい》であるから、やはり初物は桃香の亭主のものだと律儀《りちぎ》に思った。

やがて中の様子を充分に探ってから、彼は濡れた指を引き抜き、なおもオサネを舐め回した。

すると、桃香の全身がガクガクと忙《せわ》しげな痙攣《けいれん》を開始した。

「あ、気持ちいい……、アアーッ……！」

彼女が声を上ずらせ、粗相《そそう》したように大量の淫水を漏《も》らしながら狂おしく悶えた。どうやら気を遣《や》ってしまったようだった。

これも、彼女が日頃から自分でいじっていた下地があったからだろうが、これほどの快感は初めてらしい。

「も、もう堪忍《かんにん》……」

硬直が解けてグッタリとなると、桃香はハアハア喘ぎながら哀願《あいがん》するように言った。

ようやく伊三郎も舌を引っ込め、彼女の股間から離れて添い寝した。

「大丈夫かい？」

「ええ……、気持ち良すぎて、溶けてしまいそう……」

訊くと桃香は大きな絶頂に戦《おのの》くように声を震わせて答え、もう触れていないのに何度かビクッと激しく痙攣した。

伊三郎は、彼女のぷっくりした唇《くちびる》に鼻を押し付け、荒い息遣いを嗅いだ。

ほんのりした唾液《だえき》の香りに、果実のように甘酸っぱい息の匂いが混じって悩ましく鼻腔を刺激してきた。

彼は美少女の息の匂いで胸をいっぱいに満たしてから、唇を重ねて舌を挿し入れた。そして八重歯《やえば》のある滑らかな歯並びを舐め、さらに奥へ侵入して舌をからめた。

「ンン……」

桃香が熱く鼻を鳴らし、それでもチロチロと遊んでくれるように舌を蠢《うごめ》かせてくれた。伊三郎は、美少女の清らかな唾液を味わい、甘酸っぱい息を嗅ぎながら彼女の手を握って再び一物に導いた。

桃香も滑らかに舌をからめながら、またニギニギと指を動かした。

「い、いきそう……」

伊三郎は、桃香の唾液と吐息を吸収しながら愛撫され、急激に絶頂を迫らせて喘いだ。

するとと彼女が指と唇を離した。

「しても構いませんよ……」

「い、いや、それはいけない。これから夫になる人のために取っておきなさい」

桃香は言ってくれたが、伊三郎は懸命に痩《や》せ我慢をして答えた。いくら良いと言われても、全ての厄介ごとの責任は自分に降りかかってくるのだ。

「私、伊三郎様になら何をされても構いません」

「うん、それなら情交は出来ないけれど、お口でしてくれるかい？　嫌ならすぐ止めていいから」

彼が言うと、桃香は素直に身を起こし、一物に顔を寄せてきてくれた。

伊三郎は期待に胸をときめかせながら仰向けになって、大きく股を開いた。

桃香は真ん中に腹這い、すぐにも先端に舌を這わせてくれたのだ。

「アア……」

彼は指での愛撫以上の快感に喘ぎ、ヒクヒクと幹を震わせて高まった。

彼女は鈴口から滲む粘液を舐め取ると、小さな口を精一杯丸く開き、張り詰めた亀頭にしゃぶり付いてきた。

「奥まで入れて……」

硬直させながら言うと、桃香も喉《のど》の奥までモグモグと呑《の》み込んでいった。

快楽の中心部が、温かく心地よい口腔《こうくう》に包まれ、内部で幹が暴れ回った。

「ンン……」

喉につかえるほど含んで呻くと、彼女の熱い鼻息が恥毛をそよがせた。

桃香は幹を丸く締め付け、笑窪《えくぼ》の浮かぶ頰をすぼめて吸い付いた。

口の中ではクチュクチュと舌が蠢き、たちまち一物全体は生温かく清らかな唾液にまみれた。

伊三郎も、生まれて初めての大きな快感に包まれ、無意識にズンズンと小刻みに股間を突き上げてしまった。

すると桃香も合わせるように顔を上下させ、濡れた口でスポスポと強烈な摩擦《まさつ》を繰り返してくれたのだ。それはまるでかぐわしい美少女の口に全身が含まれ、舌で転がされているような心地よさだった。

「い、いく……、アアッ……！」

少しでも長く味わっていたかったのだが、とうとう我慢できずに彼は口走り、大きな絶頂に貫《つらぬ》かれて昇り詰めた。

無垢な口を汚して良いのだろうかという一瞬のためらいも、大きな快感に押し流されてしまった。同時に、熱い大量の精汁がドクンドクンと勢いよくほとばしり、彼女の喉の奥を直撃した。

「ク……」

噴出を受け止めた桃香が息を詰めたが、噎《む》せることもなく、なおも舌の動きと吸引を続行してくれた。

「ああ、気持ちいい……！」

伊三郎は喘ぎ、心置きなく美少女の口の中に射精した。

これは手すさびによる快感の何百倍であろうか。しかも清らかな口を汚すという、禁断の快感も加わった。

やがて彼は最後の一滴まで出し尽くし、惜《お》しまれつつ下降線をたどる快感の中で、グッタリと力を抜いて身を投げ出した。

すると、ようやく桃香も舌の動きを止め、亀頭を含んだまま口に溜まった大量の精汁をコクンと飲み込んでくれたのだ。

「あう……」

伊三郎は駄目押しの快感に呻いた。

桃香もチュパッと口を離し、なおも余りをしごくように幹を握って動かし、鈴口から滲む白濁の雫《しずく》までペロペロと丁寧に舐め取ってくれたのだった。

「も、もういい、有難《ありがと》う……」

伊三郎は、ヒクヒクと過敏に反応して腰をよじりながら、降参するように言った。するど桃香も舌を引っ込め、大仕事を終えたように太い息を吐いて、甘えるように添い寝してきた。

彼は喘ぎながら桃香の顔を引き寄せ、湿り気ある息を嗅ぎながら、うっとりと余韻《よいん》を味わった。桃香の口から精汁の生臭い匂いはせず、さっきと同じ甘酸っぱく可愛らしい果実臭がしていた。

「飲んだりして、気持ち悪くないかい……？」

「ええ、春本に書いてあったの。毒じゃないから飲んで構わないって。それに、大好きな伊三郎様の出したものだから」

桃香が言い、伊三郎は荒い呼吸を整えた。

「じゃ、そろそろ戻りますね」

「ああ、どうか後悔しないように……」

「大丈夫です」

彼女は答えて起き上がり、手早く裾を直した。

伊三郎は下帯を着けないまま寝巻を直して布団を掛けると、桃香は行燈の灯を消し、静かに離れを出ていった。

（ああ、生身の女に触れるとは、何と良いものだろう……）

彼は思い、暗い部屋の中で目を閉じた。桃香が来る前までは、志乃のことばかり思っていたが、今は桃香ばかり浮かんだ。

そして、最後の一線さえ越えなければ、また今日と同じことぐらいしてくれるだろうと思った。

さすがにいろいろあって疲れたか、間《ま》もなく伊三郎は眠りに就《つ》いた。

しかし、最初からずっと覗き見ていた弥助は、そっと障子《しょうじ》の外から離れて自分の物置小屋に戻り、見たものを思い出して手すさびをはじめたのだった。

もちろん一線は越えないにしろ、桃香に手を出した伊三郎への反感はなく、むしろ弥助は菊代と情交してしまった後ろめたさが大きく、吉村家への忠義の気持ちに変わりはないのだった。

三

「お嬢様から詳しく聞きました。本当に有難うございました」

朝、雪絵が菓子折《かしおり》を持ってきて、佐枝と伊三郎に言った。そこへ、菊代が茶を持って入って来た。

「本当に、伊三郎がそのようなことをしたとは驚きました。武芸に秀《ひい》でた圭之進ならともかく」

話を聞いた佐枝が見直したように言い、しかも相手が小普請奉行《こぶしんぶぎよう》の屋敷から来たと知って恐縮していた。

「そこで、お嬢様がまた会ってお話がしたいと仰《おつしや》っておりますが、これから一緒に屋敷へお越し願えますでしょうか」

雪絵が言うと、佐枝も菊代も舞い上がるように顔を輝かせた。

「お行きなさい。新しい着物と袴《はかま》に着替えて」

「はい、では仕度《したく》をして参りますので」

言われて、伊三郎は辞儀《じぎ》をして退出し、離れに戻って身支度を調《ととの》えた。

そして母屋《おもや》へ戻ると、ちょうど雪絵も立ち上がり、一緒に家を出た。

「どうか粗相の無いように」

「承知しております。では行って参ります」

伊三郎は母と兄嫁に言い、雪絵と一緒に歩きはじめた。

少し離れて歩きながら、雪絵は自分の身の上を簡単に述べた。彼女は小普請奉行の家来《けらい》筋の家柄で、二年前に夫を病《やまい》で亡くした三十歳。子はなく、志乃が幼い頃から身の回りの世話をしていたようだ。

「あ、お屋敷はあちらの道では」

伊三郎が怪訝《けげん》に思って言うと、少し先を早足で歩いていた雪絵が答えた。

「お嬢様が呼んでいるというのは嘘《うそ》です。実は、二人きりで折り入って相談がありますので」

彼女は言い、さっさと裏道にある一軒の待合に入っていった。

伊三郎も、戸惑いながら少し遅れて入ると、仲居が出てきて二階の部屋に案内してくれた。

入ると、雪絵が待っており、床《とこ》が敷き延べられて枕《まくら》が二つ。

懐紙《かいし》も用意され、丸窓に一輪《いちりん》挿《ざ》し、布団の柄までが何とも艶めかしかった。

もちろん待合は情交する場というだけでなく、密談にも使うから、まだ雪絵の意図は分からなかった。

とにかく座ると、雪絵が話しはじめた。

「お嬢様は、寝込んでしまいました」

「え？　どうなさったのです……」

「恋煩《わずら》いなのでしょうね。昨夜、お嬢様は伊三郎さんのことをお母上にお話しなさいましたが、格下の旗本ということで反対されたのです」

「そ、それは無理もないです……」

伊三郎も、それは充分に予想が付いたのでそのように答えたが、志乃が寝込むほど自分を思いはじめたことだけでも嬉しかった。まあ、全ては弥助のおかげなのであるが。

「なぜ、お嬢様が二十歳まで独《ひと》り身でいるかお分かりでしょうか」

「さあ、釣り合いの取れる相手がいないのでは。言い寄っている田所様のことは好いていないようですし」

「あれは粗暴で、人間が信用できません」

言うと雪絵は、問題外というように言い捨てた。まあ、それは伊三郎も充分すぎるほど納得できる。

「実は、お嬢様はことのほか淫気がお強いのです」

「え……？」

一瞬意味が分からず、思わず彼は聞き返したが、確かに雪絵は淫気と言ったようだ。

「数年前から眠っているときは無意識に陰戸をいじり、お汁が多くてお布団まで濡らすほどに……。そして今は醒《さ》めているときも淫気に胸を疼《うず》かせ、どこで手に入れたものか、張り型まで」

「うわ……」

伊三郎は、あのたおやかで美しい志乃の、そんなあられもない姿を想像して思わず股間を熱くさせてしまった。

「ですから、滅多《めった》な人に婿《むこ》入りさせるわけにいかないのです。あまりに強い淫気を向けられ、激しい求めに応じられずに逃げ出されたら、どんな噂《うわさ》が立つかも知れません」

「な、なるほど……」

伊三郎は、戸惑いながらも頷《うなず》いた。

どうやら志乃は、二親《ふたおや》にも話せないことでも雪絵には何でも相談しているようだった。

「ときに伊三郎さんは、決まったお方とかは？」

雪絵が、今度は彼に話を振ってきた。

「いえ、おりません。ごらんの通り役職もない部屋住みです」

「では女遊びなどは」

「あ、ありません。兄は厳しく、小遣いさえままなりませんし、本当にまだ何も知らないのです」

伊三郎は答えながら、昨夜の桃香とのことを思い出したが、まだ挿入していないのだから無垢のままには違いない。

「では、ご自分でなさることは」

「それはもちろんあります。日に二度三度と……」

「お強いのですね。でも、若くて暇《ひま》ならば無理もないです。要は回数よりも、相手がいたときにどうするか、です」

雪絵は冷静なまま、際《きわ》どい話をした。それでも整った顔立ちと、白い頬がほんのり上気しはじめ、興奮によるものなのか、生ぬるく甘ったるい匂いが濃く漂いはじめていた。

「はあ、相手がいたときに……」

「これも、どこで手に入れたものか、お嬢様が持っていたものです」

雪絵は言い、持っていた風呂敷包みを開いて、一冊の春本を出して開き、彼に差し出して見せた。

それには、伊三郎が今まで見たものよりも強烈で、互いの局部を舐め合い、あるいは女が男の顔に跨《また》がって陰戸を擦りつけるような激しい春画が描かれていたのだった。

「お嬢様が、こうした行ないを求めることは容易に想像できます。いささかお家に格の違いがあるとはいえ、求められたら耐えられますか」

雪絵は言ったが、むしろ伊三郎は望まれなくてもしたいと思っていたので願ってもないことであった。しかも実際、昨夜は町人である桃香の陰戸も尻も念入りに舐めたのである。

「耐えられます。決して嫌ではありません」

「左様《さよう》ですか。もし本当にそうならば、私から親御様に強く推《お》すことが出来ます」

雪絵が、春本を仕舞いながら言った。

相当に彼女は、永江家から信頼されているのだろう。

そして立ち上がるなり、ためらいなくくるくると帯を解きはじめたのだった。

「言葉だけのものかどうか、試させて頂きます。相手がお嬢様でなくとも、若くて淫気が有り余っているでしょうから、私が最初でも構いませんね？　でも、どうしても私がお嫌ならこの話はなかったことにします」

「い、嫌じゃありません」

「ならば、伊三郎さんもお脱ぎ下さいませ」

雪絵が着物を脱ぎながら言い、彼も妖《あや》しい期待に包まれながら脇差《わきざし》を置き、立ち上がって袴を脱ぎはじめた。

どうやら彼女は、伊三郎が強烈な行為に耐えられるかどうかという見極め以上に、彼の全身をつぶさに見て、病や損傷などがないか確認する役割も兼ねているようだった。

とにかく伊三郎は、自分が志乃の婿になれるかもしれないという可能性が高まっていることに舞い上がり、激しく勃起しながら着物を脱いだ。

雪絵も、多少頬を強ばらせているものの、動きに躊躇《ちゅうちょ》はなく、たちまち襦袢《じゅばん》と腰巻、足袋《たび》まで脱ぎ去ると一糸《いっし》まとわぬ姿で布団に横たわった。

実に色白で気品に満ち、やや豊満。乳房は何とも大きく息づき、今まで着物の内に籠もっていた熱気が、さらに濃く甘ったるい匂いを含んで部屋に立ち籠めはじめていた。

伊三郎も下帯まで取り去って全裸になると、神妙に仰向けになっている彼女の傍《かたわ》らに膝を突いた。

「さあ、では初めてでしょうから、隅々まで触れて、お好きになさいませ」

「はい、では……」

雪絵が言って、覚悟を決めたように目を閉じると、伊三郎も頷き、恐る恐る屈み込むと、チュッと乳首に吸い付き、舌で転がしながら柔らかな膨《ふく》らみに顔中を押し付けて感触を味わった。

もう片方の膨らみにも手を這わせ、甘ったるい体臭で鼻腔を満たしながら、次第に夢中になって舌を這わせていった。

四

「う……、んん……」

硬直して耐えていた雪絵が、大きく息を吸い込んで止め、ゆっくり吐き出すと声が混じりはじめた。舐めていると乳首はコリコリと硬くなり、いくら我慢しても時たまビクッと柔肌《やわはだ》が震えた。

「こっちも……、お乳は必ず両方とも平等に……」

と、雪絵が言って彼の顔をやんわりと移動させた。

伊三郎も素直にもう片方の乳首に移って含み、舐め回しながら甘ったるい汗の匂いに酔いしれた。

そして左右の乳首を充分に味わうと、好きにして良いと言われたのだからと、彼は雪絵の腕を差し上げて、腋《わき》の下に鼻を埋め込んでいった。

「あ……」

くすぐったそうに、雪絵がビクリと反応して小さく声を洩らした。

色っぽい腋毛は汗に生ぬるく湿り、何とも甘ったるい匂いが悩ましく胸を満たしてきた。

（ああ、女の匂い……）

伊三郎は興奮しながら思い、鼻腔を刺激されながらうっとりと酔いしれた。そのまま滑らかな肌を舐め下り、脇腹から腹に移動し、臍《へそ》を舐めて張り詰めた下腹に顔を埋めて弾力を味わうと、豊満な腰からムッチリした太腿へと下りていった。

肌はどこもスベスベとし、脚を舐め下りても彼女は拒《こば》まなかった。

足裏に行って顔を押し付けると、妖しい感激と興奮が湧き上がった。やはり武士として、女の足を舐めるという行為が、激しく胸を震わせるのである。

踵《かかと》から土踏まずを舐め、形良く揃《そろ》った指に鼻を埋めて嗅ぐと、指の間は汗と脂《あぶら》に湿り、蒸《む》れた匂いが悩ましく沁み付いていた。

伊三郎は胸いっぱいに美女の足の匂いを嗅いで、爪先《つまさき》にしゃぶり付いた。

「あう、そのようなこと、平気なのですか……」

雪絵も驚いたように言ったが、もちろん拒まず、恐らく彼女も初めてであろう感覚を味わっているようだった。

伊三郎は順々に指の間に舌を割り込ませ、全て味わい尽くしてから、もう片方の爪先もしゃぶり、味と匂いを貪った。

「アア……、こんなことされたら、きっとお嬢様は喜びます……」

雪絵もとうとう熱く喘ぎはじめ、彼の口の中で指を縮めてはキュッと舌を挟み付けてきた。

何をしても拒まれないので勇気が湧き、伊三郎は口を離すと雪絵の股を全開にし、脚の内側を舐め上げて股間に進んでいった。

そして張り詰めて量感ある内腿の間に顔を差し入れ、憧れの陰戸に迫った。

昨夜無垢な桃香の割れ目は見て味わったが、やはり後家《ごけ》のそれは似ているようで違う。

股間の丘には黒々と艶《つや》のある恥毛が濃く茂り、割れ目からはみ出す陰唇は興奮に濃く色づき、ネットリとした淫水にまみれていた。

やはり後家として何年も男日照《ひで》りで、なまじそれなりの快楽も知っていただけに欲求は大きく、最初から彼女も期待に濡れていたのだろう。

指を当ててそっと開くと、膣口が襞を入り組ませて息づき、尿口も見え、小指の先ほどもある大きなオサネが光沢を放ってツンと突き立っていた。

桃香の陰戸より、全てが一回り大きく艶めかしかった。

そして匂いに誘われるように、彼はギュッと顔を埋め込んでいった。

柔らかな茂みに鼻を擦りつけて嗅ぐと、甘ったるい汗の匂いと、ゆばりの刺激が混じり合って鼻腔を掻き回してきた。

微妙に桃香の匂いとは異なり、やはりこれが大人の女の熟《う》れた匂いなのだと思った。

嗅ぎながら舌を挿し入れて探ると、ヌルリとした淫水は淡い酸味を含み、すぐにも舌の動きを滑らかにさせた。

膣口からオサネまで舐め上げていくと、

「アアッ……！」

雪絵がビクッと顔を仰け反らせて喘ぎ、内腿でムッチリときつく彼の両頬を挟み付けてきた。

やはり桃香と同じく、この突起が最も感じるようだった。

味と匂いを堪能《たんのう》すると、さらに伊三郎は桃香にもしたように、彼女の両脚を浮かせて白く豊満な尻に迫った。

谷間の蕾は、桃香と同じように実に可憐で、桃色をした細かな襞がキュッと引き締まっていた。

鼻を埋めると、双丘が顔中に密着し、蕾に籠もる匂いが悩ましく鼻腔を刺激してきた。充分に嗅いでから舌を這わせ、襞を濡らしてヌルッと潜《もぐ》り込ませて粘膜を味わうと、

「く……、そんなことまで……」

雪絵が呻き、浮かせた脚を震わせた。そしてキュッキュッと肛門で舌先を締め付けながら、鼻先にある陰戸から新たな淫水をトロトロと漏らした。

伊三郎は執拗《しつよう》に舌を蠢かせ、滑らかな粘膜を味わってから、ようやく脚を下ろした。

すると雪絵が、ハアハア喘ぎながら懸命に身を起こしてきたのだ。

「ま、跨いでも構いませんか。さっきの絵のように……」

「ええ、どうぞ」

言われて、伊三郎もすぐ彼女と入れ替わって仰向けになった。

雪絵も、志乃が望むようなことを先に試すというより、自分自身の欲求で行動しはじめているようだった。

「ああ、殿方《とのがた》の顔を跨ぐなんて……」

彼女は、自分で望んだことながらいざするとなると激しく心を乱して言い、そろそろと彼の顔ににじり寄って跨いできた。

伊三郎も下から彼女の腰を抱え、顔中で股間を受け止めた。

何という感激だろう。悩ましい匂いに包まれながら、心地よい窒息感《ちっそく》に噎せ返り、下から舌を這わせていった。

「あう……、いい気持ち……」

オサネを舐めると雪絵が顔を仰け反らせて呻き、自分からもグイグイと押し付けてきた。

伊三郎はツンと突き立ったオサネを吸っては、溢れる淫水をすすった。

自分が仰向けだと、割れ目に唾液が溜まらず、溢れてくる様子がはっきり舌に伝わってきた。

さらに彼女はグリグリと大胆に擦りつけ、彼の顔中を淫水にまみれさせた。

そして雪絵は彼の顔に股間を押し付けたまま身を反転させ、女上位の二つ巴《どもえ》になり、屈み込んで先端にしゃぶり付いてきたのである。

「く……」

彼も唐突な快感に呻き、目の前いっぱいに広がる豊満な尻に押しつぶされながら懸命にオサネを吸った。

「ンン……」

雪絵も肉棒を含んだまま熱く呻き、鼻息でふぐりをくすぐりながら舌をからませてきた。舌が滑らかに蠢き、たちまち彼自身は美女の生温かな唾液にまみれて震えた。

しかし絶頂を堪《こら》える前に、彼女がスポンと口を離してきた。

「ゆ、ゆばりが出そう……」

雪絵が言い、尻をくねらせた。

「構いません、出しても……」

伊三郎は、激しい興奮に幹を震わせながら答えていた。そしてなおも割れ目を舐め回し、吸い付き続けると、

「あうう、吸うと、本当に出ちゃう……、アア……!」

雪絵が息を詰めて喘いだ。同時に割れ目内部の柔肉が迫《せ》り出すように盛り上がり、温かな流れがチョロチョロとほとばしってきたのだ。

口に受けると、それは抵抗なく飲み込むことが出来た。

やや濃い桜湯といった感じで、味も匂いも不快ではなく、むしろ美女から出たものを取り入れる悦びが感じられた。

雪絵は肌を強ばらせながら、か細い放尿を続けたが、あまり溜まっていなかったようで、すぐに流れは治まった。どうやら尿意ではなく、久々の刺激で僅《わず》かに漏れただけらしい。

伊三郎も、こぼすことなく済んだのでほっとし、ビショビショに濡れている割れ目を舐め回し、余りの雫《しずく》をすすった。

すると新たな淫水が溢れてゆばりの味が消え去り、淡い酸味のヌメリが割れ目いっぱいに満ちていった。

雪絵は再び肉棒にしゃぶり付き、根元まで呑《の》み込んで、貪るようにスポスポと摩擦してきた。

「い、いきそう……」

伊三郎が限界を迫らせて言うと、彼女も口を引き離した。

「いいわ、入れるけど、最初は私が上に……」

顔を上げた雪絵が言って股間を引き離し、こちらに向き直って一物を跨いだ。

伊三郎も仰向けのまま、屹立《きつりつ》した一物を構えた。

すると彼女は先端に濡れた陰戸を押し付け、位置を定めてゆっくりと腰を沈み込ませていった。

五

「アアッ……、いい……！」

ヌルヌルッと滑らかに根元まで受け入れながら、雪絵が顔を仰け反らせて喘いだ。完全に座り込んで股間を密着させると、久々の男根を味わうようにキュッキュッと締め付けた。

「く……」

伊三郎も、生まれて初めて陰戸に挿し入れ、その肉襞の摩擦と温もり、きつい締め付けと大量のヌメリに包まれて、危うく漏らしそうになって懸命に奥歯を噛《か》み締めた。

やはり少しでも長く味わっていたいのだ。

そして、昨夜桃香の口に出したときも溶けてしまいそうに心地よかったが、やはりこうして一つになり、ともに快感を味わうのが最高なのだと思った。

雪絵は豊かな乳房を揺すり、何度か密着した股間をグリグリ擦りつけてから、やがて身を重ねてきた。

「なるべく我慢して……」

彼女が顔を寄せて囁《ささや》き、そのまま上からピッタリと唇を重ねてきた。

伊三郎も、柔らかな感触と唾液の湿り気、ほんのりした紅白粉《べにおしろい》の香りと、甘い息の匂いに酔いしれた。

動かなくても、息づくような膣内の収縮に、少しでも気を抜くと漏らしてしまいそうだった。

「ンン……」

雪絵が熱く鼻を鳴らし、舌を挿し入れてきた。

伊三郎も、下から両手を回してしがみつきながら、僅かに両膝を立てて豊満な尻を支え、歯を開いて受け入れた。

長い舌が滑らかに蠢き、彼の口の中を舐め回してきた。

舌触りが実に心地よく、生温かくトロリとした唾液も実に美味《おい》しかった。

そして舌をからめながら、待ちきれなくなったように雪絵が小刻みに腰を動かしはじめた。

大量に溢れる淫水がクチュクチュと淫《みだ》らに湿った摩擦音を立て、彼のふぐりまで生温かく濡らしてきた。

合わせてズンズンと股間を突き上げると、

「アア……、いい気持ち……」

雪絵が口を離し、唾液の糸を引きながら熱く喘いだ。その口に鼻を押し付けて湿り気ある息を嗅ぐと、それは甘酒のように甘く悩ましい匂いを含んで鼻腔を刺激してきた。

「ね、唾《つば》を飲みたい……」

甘えるように囁くと、雪絵も懸命に唾液を分泌《ぶんぴつ》させ、形良い唇をすぼめてトロトロと吐き出してくれた。彼は、白っぽく小泡の多い粘液を舌に受けて味わい、うっとりと喉を潤した。

「もっと、顔中にも……」

さらに図々《ずうずう》しくせがむと、雪絵も厭《いと》わず舌を這わせてくれた。

鼻の頭を舐め、頬から額《ひたい》まで垂らした唾液を舌で塗り付け、伊三郎は顔中ヌルヌルにまみれながら激しく絶頂を迫らせた。

「い、いきそう……」

「待って、もう少し……」

ヌメリと匂いに高まって口走ると、雪絵も絶頂の大波を待つように息を詰めて答え、さらに激しく股間を擦りつけ、膣内の収縮を活発にさせていった。

しかし、もう限界であった。

「あう、ごめんなさい、いく……！」

彼は否応《いやおう》ない快感の怒濤《どとう》に押し流されて言い、激しく昇り詰めてしまった。

同時に、熱い大量の精汁がドクンドクンと勢いよく柔肉の内部にほとばしり、奥深くを直撃した。

「ヒッ……、い、いく……、アアーッ……！」

噴出を感じた途端《とたん》に雪絵も声を上ずらせ、ガクガクと激しい痙攣とともに気を遣ってしまったようだ。

伊三郎は、締め付けと収縮の中で心ゆくまで快感を味わい、激しく股間を突き上げながら最後の一滴まで出し尽くしていった。

「ああ……」

満足しながら声を洩らし、徐々に動きを弱めていくと、

「お願い、もっと突いて……」

雪絵が貪欲《どんよく》に口走り、なおも股間を擦りつけ続けた。

射精を終えても、辛《かろ》うじて勃起が保たれているので、彼も懸命に力尽きるまで突き上げた。

「アア……、良かったわ、すごく……」

ようやく雪絵も満足しながら喘ぎ、肌の強ばりを解いてグッタリと体重を預けてきた。

伊三郎は重みと温もりを受け止め、まだ名残《なごり》惜しげな収縮を繰り返す膣内でヒクヒクと過敏に幹を震わせた。そして湿り気ある甘い息を嗅ぎながら、うっとりと快感の余韻に浸《ひた》り込んでいった。

しばし溶けて混じり合うように重なったまま、互いに荒い呼吸を繰り返した。

伊三郎は、思いもかけず初体験が出来た感激に、いつまでも胸の動悸《どうき》が治まらなかった。

やはり手すさびとは比べものにならず、生身の女体とは良いものであった。

「わ、私の吟味《ぎんみ》は如何《いかが》でしたでしょうか……」

やがて伊三郎は、息遣いを整えて訊いてみた。

「思っていた以上に上出来でした……。自分から足の裏からお尻の穴まで舐めるなど実に驚きです。しかも、ゆばりまで飲んでしまったのですね」

雪絵が、まだ息を震わせて囁いた。

「これならば、お嬢様のどんな求めにも応じられることでしょう。話を進めて構いませんね」

「お、お願い致します……」

まだ繋《つな》がったまま婚儀《こんぎ》の話をするのも妙なことであるが、伊三郎は余韻が吹き飛ぶほどの歓喜に包まれながら答えた。

「では早速今日にでも、お嬢様や親御様に話をしてみます。ただ確約ではございませんのでそのおつもりで」

「もちろん分かっております」

伊三郎が答えると、ようやく雪絵はそろそろと股間を引き離し、ゴロリと横になった。

そして枕元の懐紙を取り、手早く陰戸を拭《ふ》き清めた。

「ああ、まだ力が入りません……」

彼女は言いながらも、仰向けの彼の股間にそろそろと顔を寄せてきた。

そして拭いてくれるのかと思ったら、いきなり先端にしゃぶり付き、精汁と淫水にまみれた亀頭に舌を這わせ、ヌメリを吸ってくれたのである。

「あう……」

伊三郎は驚いたように呻き、何やら志乃の多情は、雪絵の教育によるものではないのかと思ったほどだった。

雪絵はスッポリと喉の奥まで呑み込み、頬をすぼめて吸いながらネットリと舌をからめてきた。

その刺激に、唾液にまみれた一物はムクムクと最大限に膨張《ぼうちょう》していった。

さらに彼女は顔を上下させ、スポスポと強烈な摩擦を開始してきたのだ。

「ああ……、ま、またいきそう……」

伊三郎は激しい快感に喘ぎ、股間に熱い息を受け止めながらヒクヒクと幹を震わせた。そして彼女が愛撫を止《や》めないので、自分からもついズンズンと股間を突き上げてしまった。

「い、いく……、アアッ……！」

あっという間に絶頂に達し、彼は快感に身悶《みもだ》えながら喘ぎ、ドクドクと二度目の射精をしてしまった。

「ンン……」

噴出を受け止めながら雪絵が熱く鼻を鳴らし、さらにチューッと吸い出してくれた。

すると、何やら射精しているのではなく、彼女の意思でふぐりから直《じか》に精汁を吸い取られているような心地になった。

ドクドクと脈打つ感覚が無視され、勝手に吸い出されている感覚は、今まで得たことのない快感であった。

やがて彼女はゴクリと飲み干し、ようやくスポンと口を離し、なおも鈴口をヌラヌラと舐め回してくれた。

「も、もうご勘弁を……」

伊三郎は過敏に腰をよじり、降参するように言った。まさか自分より上位の旗本の女が、精汁を飲み込むなど思いもよらなかったのだ。

すると、雪絵も舌を引っ込めて顔を上げた。

「立て続けに出来るとは頼もしいです」

雪絵が、ヌラリと淫らに舌なめずりして言う。

どうやら、これも志乃の激しい欲求に沿えるかどうかという吟味の一つだったようだ。

伊三郎は魂《たましい》まで抜かれたようにグッタリと身を投げ出し、驚きと快感の連続に激しく胸を震わせていた……。

第三章　熟《う》れ肌に翻弄《ほんろう》されて

一

(何やら、伊三郎様も急に女運が向いてきたようだな……)

弥助は、待合から出てきた伊三郎と雪絵を遠目に見ながら思った。

もちろん外出のときは祐馬たちの報復から守るため、常《つね》に同行するという約束をしたから付いてきたのだが、伊三郎は永江家から呼ばれたことに舞い上がり、自分が狙われるかもしれないことなど忘れているようだった。

やがて一人で帰るらしい雪絵に辞儀《じぎ》をして見送り、伊三郎も一人で何事もなく帰宅してきたので、弥助も後をつけたことなどなかったように振る舞うことにしたのだった。

何でも優秀な兄の圭之進と違い、自分と同じように日々悶々《もんもん》としている伊三郎が、弥助には親しみが持てた。

このまま伊三郎が志乃の婿《むこ》に入れれば、自分も嬉しいし、そのためには何か自分の術が役に立てば良いと思っていた。

やがて弥助は風呂を焚《た》きつけ、一日が終わった。

日暮れ前に宿直《とのい》を終えた圭之進が帰宅して風呂に入り、夕餉《ゆうげ》となった。

桃香は仕度《したく》だけ済ませて家へ帰り、夕餉のあとは伊三郎が入浴して離れへ引っ込み、先に菊代が風呂に入った。

と、そこへ佐枝が、弥助の住む物置小屋に入ってきたのである。

「あ、大奥様……、御用なら私から出向きましたのに……」

厨《くりや》の隅で夕餉を終え、小屋に戻って休息していた弥助は驚いて言い、居住まいを正した。

小屋は、ただ布団《ふとん》が敷いてあるだけで、他は庭仕事の道具などが雑多《ざった》に置かれているだけの狭い場所だ。

「ちょっとお話があります」

すでに寝巻姿になっている佐枝が言い、上がり込んで布団に座った。

「お前はほんによく働いてくれます。どうやら思い当たったのですが、伊三郎を助けてくれたのはお前なのですね」

「え、いえ、何のことやら……」

弥助は、四十を少し出たものの、なお艶《つや》っぽい佐枝の甘い匂いを感じてモジモジしながら小さく答えた。

「隠さなくても存じております。私だけは、弥右衛門《やえもん》から聞いておりますので」

弥右衛門とは弥助の祖父で、昨年死んで当家で葬式を出してもらった元素破《すっぱ》の頭目《とうもく》である。

「さ、左様《さよう》でしたか……」

「ええ、誰にも話しておりませんが」

「あ、私は伊三郎様に打ち明けてしまいました。お助けした以上、お話ししなければなりませんでしたので」

「そう、どうか家の仕事を置いてでも、これからも伊三郎を守って下さいね。あの子の身の振り方が決まるまでは、心配で仕方がありません」

「承知致しました。身命《しんめい》を賭《と》してお守り致しますので」

弥助は深々と頭を下げて答えた。

「ときにお前は、嫁《よめ》をもらう気はありませんか」

「え……」

いきなり話題が変わり、弥助は驚いて硬直した。

「桃香はどうかと思うのです。働き者の二人が夫婦で住み込んで奉公してくれれば、当家も助かるので、その気があればあの家の方に話しますが」

意外な話に、弥助は戸惑いを隠せなかった。

何しろ桃香は、伊三郎を慕《した》っており、実際昨夜は彼の精汁まで飲んでしまっているのだ。

「い、いいえ、私はまだそのような気持ちは……。まずは伊三郎様の養子先が決まりましたら、そのあとに私のことを考えたく存じます」

「そう、良く言うておくれました。ならば、そのようにしましょう。むろん桃香でなくとも、誰か思う人が出来たら真っ先に私に話しておくれ」

「分かりました。有難《ありがと》うございます」

弥助は感謝の気持ちで、深々と頭を下げて答えた。

「それで、お前は女を知っておいでですか」

また唐突な話になり、弥助は気の休まるときがなく身を強《こわ》ばらせた。

「まだ何も存じません……」

まさか当主の嫁に手ほどきされたなど、口が裂けても言えない。

「そうでしょうね。国許《もと》から呼ばれて出てきて、あとはずっと家のことばかりで働きづめですものね。でも若いのだから淫気は溜まっているでしょう」

佐枝が言い、急に甘ったるい匂いが濃く漂ってきた。

「い、いいえ、自分で致しますので……」

「そう、でも実際に知りたいでしょう。私は、最初にお前を見たときから可愛《かわ》ゆくてならないのです」

弥助が答えると、佐枝はすでに三人の男子を育てているにもかかわらず、末っ子よりも若い彼ににじり寄ってきたではないか。

「お、大奥様……」

迫られながら、弥助は妖《あや》しい期待と興奮、そして激しい戸惑いの中で股間を熱くさせてしまった。まさか、このまま菊代に続いて、その姑《しゅうとめ》とも肌を重ねることになるのだろうか。

「さあ、全部脱いで、私にお任せなさい。でも誰にも内緒ですよ」

佐枝が言い、自分の寝巻の帯を解きはじめた。

もう菊代も風呂から上がり、今宵《こよい》は圭之進と情交するか、あるいは二人ともすぐ寝てしまうだろうし、伊三郎は離れから出てくることはない。

弥助も、良いのだろうかと思いつつ欲望に負けて脱ぎはじめていった。

下帯まで取り去って布団に横たわると、佐枝も一糸《いっし》まとわぬ姿になり、優雅な仕草でゆっくりと添い寝してきた。

壁に手燭《てしょく》が掛けられているが、元より夜目の利《き》く彼は佐枝の熟《う》れ肌をつぶさに観察することが出来た。

四十を過ぎても佐枝の肌は瑞々《みずみず》しく滑らかで、豊かな乳房の張りも保たれていた。そして夫を喪《うしな》ってからも、なお淫気は旺盛《おうせい》で、以前より若い弥助に欲情していたのかも知れない。

「さあ、何でも好きなように」

佐枝は言って彼に腕枕《うでまくら》し、膨《ふく》らみを顔に迫らせてきた。

まだ入浴前なので、甘ったるい汗の匂いが馥郁《ふくいく》と漂い、彼の胸をいっぱいに満たしてきた。

弥助も鼻先にある乳首にチュッと吸い付き、舌《した》で転がしながら膨らみに顔を密着させた。

まさか立て続けに女体に触れられるなど夢のようで、しかもその二人は彼が忠義を尽くしている主家の女で、当主の母と嫁なのである。

「アア……、いい気持ち……」

佐枝はすぐにもクネクネと悶《もだ》え、熱く喘《あえ》ぎはじめた。

そして彼女が激しく抱きすくめるので、弥助は顔中が豊かな乳房に埋まり込み、心地よい窒息感《ちっそくかん》に噎《む》せ返った。

そのまま仰向《あおむ》けになったので、自然に弥助ものしかかる形になり、充分に舐《な》め回してから、もう片方の乳首を含んだ。

「ああ……、噛《か》んで……」

佐枝が強い刺激を求めるように言い、弥助もそっと前歯で乳首を挟み、コリコリと動かしてやった。

「あう、もっと強く……」

彼女は夢中になって呻《うめ》き、さらに甘ったるい体臭を濃く揺らめかせた。

充分に愛撫《あいぶ》してから、もう片方の乳首も含んで舐め回し、顔中で心ゆくまで豊かな膨らみを味わうと、彼は菊代にもしたように佐枝の腋《わき》の下に顔を埋め込んでいった。

柔らかな腋毛は生ぬるく汗に湿り、鼻を擦《こす》りつけて嗅《か》ぐと、何とも甘ったるい匂いが悩ましく胸を満たしてきた。

そして滑らかな熟れ肌を舐め下りてゆき、腹から腰、張りのある太腿《ふともも》から脚に舌を這《は》わせていった。同じ行為でも、やはり若妻の菊代とはまた違った趣《おもむき》で、反応も菊代以上に激しかった。

足裏まで行って舐めると、

「アァッ……、駄目、どうして……」

佐枝がビクリと脚を震わせて言った。

「好きにして良いと仰《おつしや》いましたので、隅々まで味わってみたいのです」

「そう……、汚いのに……」

言うと佐枝が答え、もちろん拒《こば》みはせず身を投げ出していた。

しかし、この勢いだと陰戸《ほと》を舐められるのは、恐らく大喜びであろう。彼女から見て、足と股間とどちらが汚いかは別として、早く陰戸を愛撫されたい様子は反応を見ていて激しく伝わってきた。

足指の股《また》に鼻を割り込ませて嗅ぐと、やはり汗と脂《あぶら》に湿り、ムレムレの匂いが濃厚に沁《し》み付いて鼻腔《びこう》を刺激した。

弥助は熟れた後家《ごけ》の匂いで胸を満たし、爪先《つまさき》にしゃぶり付いて順々に指の間に舌を挿《さ》し入れて味わった。

「あう……、そ、そのようなこと……」

佐枝が激しく身を震わせ、信じられないとでもいうように口走った。

弥助は全ての指をしゃぶり、もう片方の爪先も貪《むさぼ》り、味と匂いを堪能《たんのう》し尽くした。そして股を開かせ、白くムッチリした脚の内側を舐め上げて、股間に顔を進めていったのだった。

二

「アア……、は、恥ずかしい……」

弥助が、滑らかな内腿に舌を這わせ、熱気と湿り気の籠《こ》もる股間に迫ると、佐枝が声を震わせて悶えた。

しかし熟れた陰戸は、粗相《そそう》したかと思えるほど大量の淫水にまみれ、何より早く愛撫を求めているのが一目瞭然《いちもくりょうぜん》だった。

恥毛が程よい範囲に茂り、割れ目からはみ出した陰唇は興奮に濃く色づき、指で広げると三人の男子を産んだ膣口《ちつ》が襞《ひだ》を入り組ませて息づき、大きめのオサネもツンと突き立っていた。

弥助も待ちきれないように顔を埋め込み、柔らかな茂みに鼻を擦りつけて嗅いだ。隅々には汗とゆばりの匂いが混じり合って生ぬるく籠もり、彼は鼻腔を刺激されながら舌を這わせた。

淡《あわ》い酸味のヌメリが舌の動きを滑らかにさせ、彼は膣口からオサネまで舐め上げていった。

「ああッ……、す、すごい……！」

佐枝がビクッと顔を仰《の》け反《ぞ》らせ、内腿でギュッときつく彼の両頬《ほお》を挟み付けながら喘いだ。

もちろん陰戸を舐めてもらうのは初めてのことだろう。願望を抱きつつも亡夫には結局求めることも出来ず、相手が使用人の弥助だから、させることが出来たに違いない。

彼はもがく腰を抱え込み、匂いに酔いしれながらオサネに吸い付いて、小刻みに舌先で弾《はじ》いた。舐めるごとに新たなヌメリが湧き出し、弥助も夢中になって味と匂いを貪った。

さらに佐枝の両脚を浮かせ、白く豊満な尻の谷間に鼻を埋め込み、キュッとつぼまった桃色の蕾《つぼみ》を嗅いだ。

生々しく秘めやかな匂いが鼻腔を満たし、充分に嗅いでから舌を這わせて襞を濡らし、ヌルッと潜《もぐ》り込ませて滑らかな粘膜《ねんまく》を探った。

「あう……、そんなところまで……」

佐枝は息を詰めて呻き、モグモグと味わうように肛門で舌先を締め付けた。

弥助も内部で掻《か》き回すように舌を蠢《うごめ》かせ、心ゆくまで味わってから脚を下ろすと、再び割れ目を舐め回した。

「アア、気持ちいい……、お願い、弥助、入れて……！」

とうとう佐枝が高まりながらせがむと、彼も舌を引っ込めて顔を上げた。

「どうか、大奥様が上になって下さい。私が乗るわけに参りませんので」

「構わないから、どうか早く……」

弥助が言ったが、佐枝は起き上がる力も湧かないようで、彼の手を引いて懇願した。

仕方なく、それに待ちきれないので弥助も股間を進めていった。

先端を濡れた割れ目に擦りつけて潤いを与え、位置を定めてヌルヌルッと一気に根元まで挿入すると、

「アアッ……、いい……、奥まで響くわ……！」

佐枝が身を仰け反らせて喘ぎ、キュッと締め付けてきた。

彼も肉襞の摩擦《まさつ》と温《ぬく》もりを味わい、股間を密着させると、佐枝が両手を伸ばして抱き寄せた。

畏《おそ》れ多いと思いつつのしかかり、身を重ねると彼女は激しくしがみつき、ズンズンと股間を突き上げてきた。

重くないだろうかと気遣う余裕もなく、次第に動きが激しくなり、彼は抜け落ちないよう必死に股間を押しつけるしかなかった。

それでも徐々に調子を合わせることが出来るようになり、弥助も腰を動かしながらヌメリと締め付けを味わいはじめた。

「あう、感じる……」

佐枝が快感を噛み締めて呻くと、彼の顔を引き寄せて唇《くちびる》を求めた。

弥助も上からピッタリと唇を重ね、舌をからめた。生温かな唾液に濡れた、ぽってりとした肉厚の舌が滑らかに蠢き、甘い息が弾《はず》んだ。

股間をぶつけるように強く押し込むと、

「アア……、い、いきそう……」

佐枝が口を離して喘いだ。

開いた口に鼻を押し込んで嗅ぐと、やはり菊代とは微妙に違い、白粉《おしろい》のような甘い刺激が感じられた。毎日同じものを食していても、女それぞれの匂いが異なるのだろう。

さらに、彼女の濡れた唇に鼻を擦りつけると、湿り気ある白粉臭の息に唾液《だえき》の悩ましい匂いも混じって鼻腔を掻き回してきた。

女の匂いに触れると膣内の一物が急激に脈打ち、激しい腰の動きが止まらなくなってしまった。

もう我慢できないというところまで来ると、辛《かろ》うじて先に佐枝が気を遣《や》ってしまった。

「い、いく、気持ちいいわ……、アアーッ……！」

声を上ずらせて喘ぎ、膣内を収縮させながらガクガクと狂おしく腰を跳《は》ね上げた。小柄な弥助は全身を上下に揺すられながら、そのまま続いて昇り詰めてしまった。

「く……！」

突き上がる大きな絶頂の快感に呻き、熱い大量の精汁をドクンドクンと勢いよく柔肉の奥にほとばしらせると、

「あう、もっと出して……！」

噴出を受けた佐枝が、駄目押しの快感を覚えたように呻き、さらにキュッキュッと呑《の》み込むように締め付けてきた。

弥助は快感を嚙み締めながら動き、心置きなく最後の一滴まで出し尽くした。

すっかり満足しながら動きを弱めていくと、佐枝も徐々に熟れ肌の強ばりを解いてグッタリと身を投げ出していった。

「ああ……、気持ち良かったわ……、もっと早くしてもらえば良かった……」

佐枝が荒い息遣いを繰り返しながら呟《つぶや》き、名残惜《なごりお》しげにキュッキュッと膣内を締め付けた。

その刺激に過敏になった幹《みき》がヒクヒクと震え、弥助は美女の熟れた吐息を嗅ぎながら、うっとりと余韻《よいん》に浸《ひた》り込んだ。

いつまでも乗っていると悪いので、やがて呼吸を整えると、弥助はようやく身を起こして股間を引き離した。

「さあ、このまま湯殿《ゆどの》へ行きましょう……」

佐枝もノロノロと身を起こして言い、急いで寝巻を羽織《はお》ったので、彼も寝巻を着た。

もうみな寝静まっているし、夫婦の寝所は湯殿から遠いので、一緒に入っても大丈夫だろう。

佐枝は懐紙《かいし》も使わぬまま草履《ぞうり》を履き、溢《あふ》れる精汁と淫水が内腿を伝うのも構わず弥助と一緒に小屋を出た。そして母屋《おもや》の勝手口から入って湯殿に行き、再び互いに全裸になって身体を流した。

交互に湯に浸《つ》かって温まると、弥助はまたムクムクと回復してきてしまった。

「どうか、足をここへ……」

湯から上がると弥助は簀《す》の子に座り、目の前に佐枝を立たせた。そして片方の足を浮かせて風呂桶《おけ》のふちに乗せさせ、開いた股間に顔を埋めた。

湯に濡れた恥毛の隅々には、もう悩ましい匂いは感じられなかったが、それでも舌を這わせると新たなヌメリが溢れてきた。

「大奥様、どうかゆばりを放って下さいませ」

「え……？　どうして、そんな……」

股間から言うと、うっとりしていた佐枝が驚いたように聞き返した。

「一度で良いから、美しい女の方が放つところを見たいのです」

「そこに居ると顔にかかります」

「少しだけ飲んでみたいので……」

弥助は、以前から熱く抱いていた願望を口にし、いつしかピンピンに勃起していた。

「まあ……、そのようなことがしたいのですか……」

「ほんの少しで良いので」

弥助が懇願し、なおもオサネに吸い付くと、

「あう、吸ったら本当に出てしまいます……」

まだ余韻の醒《さ》めない佐枝も、すぐその気になったように息を詰めて答えた。

弥助も期待に激しく胸を打ち震わせ、出てくる時を待ちながら夢中で舌を這い回らせた。

「アア……、ほ、本当に出そう……、良いのですね……」

佐枝が息を震わせ、切羽《せっぱ》詰まったように言った。どうやら、本当に尿意が高まってきたようだ。

さらに舐めていると彼女の脚がガクガクと震え、割れ目内部の柔肉が迫《せ》り出すように盛り上がり、味わいと温もりが変化してきた。

同時に、熱い流れがチョロチョロとほとばしってきたのである。

三

「あう……、駄目……」

放尿してしまってから、佐枝は大変なことをしてしまったというふうに呻いたが、弥助は彼女の腰をしっかり抱え込んで流れを口に受け止めていた。

熱いゆばりは味と匂いが淡く、それほどの抵抗もなく喉《のど》を通過した。それでも勢いがついてくると、口から溢れた分が温かく胸から腹に伝い流れ、完全に回復している一物を心地よく浸した。

「アア……、こんなこと……」

佐枝は今にも座り込みそうになって喘ぎながら、いつしかシッカリと両手で彼の頭を押さえつけていた。

しかし流れは間《ま》もなく治まり、弥助は残り香を味わいながら余りの雫《しずく》をすすって舌を這わせたが、すぐにも新たな淫水が溢れて淡い酸味が割れ目内部に満ちていった。

「も、もう駄目、やめて……」

感じすぎるように佐枝が言うと、弥助も顔を引き離した。

するとと佐枝は足を下ろし、力尽きたようにクタクタと座り込んでしまった。

弥助は抱き留め、手桶で彼女の股間を洗い流してやった。

佐枝は彼に縋《すが》り付いて荒い呼吸を繰り返し、一物を探った。

「もうこんなに大きく……、でも、もう今夜は充分よ。明日起きられなくなってしまうわ……」

佐枝は指で愛撫しながら言い、本当はもう一度したいのを堪《こら》えるように、再び彼の唇を求めてきた。

舌をからませ、弥助は佐枝の唾液と吐息を味わいながら幹を震わせると、彼女もさらに強く指を動かしてくれた。

「唾《つば》を、下さい……」

「まあ、何でも飲むのが好きなのね……」

口を離して言うと佐枝が答え、厭《いと》わず懸命に唾液を分泌《ぶんぴつ》させ、口移しにトロトロと注ぎ込んでくれた。

弥助は生温かく小泡の多い粘液を味わい、うっとりと喉を潤した。

さらに彼が佐枝の口に顔を擦りつけると、彼女も舌を這わせてくれた。

唾液に濡れた滑らかな舌が顔中を這い回り、彼は美女の唾液と吐息の匂いに包まれながら、ヌラヌラとまみれて高まった。

その間も、微妙な指の愛撫が続いている。

「い、いきそうです……」

絶頂を迫らせた弥助が顔を離して言うと、佐枝も舌を引っ込め、彼の身体を押し上げた。

「ここに座って……」

言われるまま、弥助が風呂桶のふちに腰を下ろすと、彼女は両膝《ひざ》を開かせて顔を寄せてきたのだ。

そしてふぐりを舐めて睾丸を転がし、そのまま付け根から先端まで、肉棒の裏側をゆっくり舐め上げてくれた。

「ああ……、お、大奥様……」

佐枝に舐められて、弥助は感激と快感に声を震わせた。

彼女も、粘液が滲《にじ》みはじめた鈴口を厭わずに舐め回し、さらに丸く開いた口でスッポリと呑み込んでいったのだ。

温かな口の中に根元まで含まれ、彼は内部でヒクヒクと幹を震わせた。

「ンン……」

佐枝は熱く鼻を鳴らして吸い付き、息を彼の股間に籠もらせた。

そして舌をクチュクチュとからめると、たちまち肉棒は旗本《はたもと》の後家の生温かな唾液にどっぷりとまみれた。

このまま出して良いものだろうか。少しためらったが、もう佐枝も夢中で吸い付き、果ては顔を前後させてスポスポと強烈な摩擦を繰り返しはじめているではないか。

「ああ……、で、出てしまいます……」

思わず言うと、佐枝がスポンと口を引き離した。

「構いません。お前も私のをいろいろ飲んでくれたし、うんと気持ち良くさせてくれたのだから」

言うなり、またすぐにパクッと咥《くわ》え、吸い付きながら呑み込んだ。

再び舌の蠢きと吸引、唇の摩擦が開始されると、もう弥助も急激に絶頂を迫らせてしまった。

佐枝も淫《みだ》らで貪欲《どんよく》におしゃぶりを続け、クチュクチュとお行儀悪い音を立て、顎《あご》からは唾液の糸も滴《したた》らせた。

「い、いく……、アアッ……！」

とうとう昇り詰め、弥助は大きな快感とともに熱く喘いだ。

同時に、さっきの射精などなかったかのように大量の精汁がドクンドクンと勢いよくほとばしり、佐枝の喉の奥を直撃した。

「ク……」

噴出を受け止めて小さく呻き、なおも彼女は上気した頰をすぼめて吸い、摩擦と舌の蠢きを続行してくれた。

何という快感であろう。山育ちの自分が、とうとう旗本の女二人にまで、上と下の口に出してしまったのである。

彼は心ゆくまで、罪悪感の伴う快楽を嚙み締め、最後の一滴まで出し尽くしてしまった。

「ああ……」

激情が過ぎ去ると、弥助は声を洩《も》らして全身の硬直を解いた。

すると佐枝も吸引を止め、亀頭を含んだまま口に溜まった精汁をゴクリと飲み込んでくれたのである。

「あう……、お、大奥様……」

締まる口腔に反応しながら言ったが、佐枝は構わず飲み干してしまった。

もちろん飲み込むどころか、一物を口で愛撫したことすら、あるかどうか分からない武家の世界の女だ。

それがこのようにためらいなく行なえるということは、やはり淫気と興奮が高まれば、人はみな同じなのだろう。

ようやく佐枝はスポンと口を引き離し、なおも両手で拝むように幹を挟んで擦り、鈴口に脹《ふく》らむ余りの雫までも、ヌラヌラと丁寧に舐め取って綺麗《きれい》にしてくれたのだった。

「く……、ど、どうか、もう……」

腰をよじりながら言うと、やっと佐枝も舌を引っ込めてくれた。

「味はあまりないのですね。少々生臭いけれど、嫌ではありません」

彼女がヌラリと舌なめずりして言い、弥助は戦《おのの》くように荒い呼吸を繰り返しながら、余韻を味わったのだった。

そして何とか気を取り直し、もう一度股間を洗い流してから交互に湯に浸かると、やがて湯殿を出た。

「また、お願いすると思いますが……」

「はい、何なりとお申し付け下さいませ」

身体を拭《ふ》き、寝巻を着た佐枝が言うと、彼も手早く身繕《みづくろ》いして頭を下げながら答えた。

そして彼女は寝所へ戻って行き、弥助も勝手口から自分の物置小屋に戻って布団に入った。

(とうとう、お屋敷のお二人とまで……)

彼は暗い小屋の中で思った。

そのようなことがあったなど、離れの伊三郎も、寝所の圭之進と菊代も、夢にも思っていないだろう。

やがて弥助は、余韻に浸りながら眠《ねむ》りに就《つ》いたのだった。

四

「弥助、来て」

風呂掃除《そうじ》を終え、花を背負って掃除していた弥助は菊代に呼ばれた。

「はい、只今《ただいま》」

返事をし、縁側へ駆け寄りながら弥助は妖しい期待に胸を高鳴らせた。

何しろ圭之進は、また伊三郎を連れて学問所へ行っているし、佐枝は番町《ばんちょう》にある実家の親に呼ばれて外出している。

伊三郎も、圭之進が一緒だから護衛の必要もなく、また帰る頃合いに迎えに行けば良いだろう。

「花は眠りましたか」

「はい、ようやく」

「そう、じゃこっちへ」

言われて上がり込み、紐《ひも》を解いて花を降ろすと、菊代が布団に寝かせた。

「じゃ、脱いで」

「はい」

菊代が淫気を全開にした熱い眼差《まなざ》しで言うと、弥助もためらいなく答え、帯を解いて脱ぎはじめた。彼女も興奮に息を弾ませ、手早く帯を解いて着物を脱ぎ去っていった。

先に全裸になった弥助は仰向けになり、敷布や枕《まくら》に沁み付いた菊代の匂いを感じながら、脱いでいく様子を見上げて勃起した。

菊代も腰巻を脱ぎ去り、足袋《たび》まで脱いで一糸まとわぬ姿になるとこちらに向き直った。

「あ、あの、して頂きたいことが……」

弥助は、思い切って願望を口にした。

「何をしてほしいのです」

「どうか立ったまま、足の裏を私の顔に……」

「踏んで欲しいのですか。何とおかしな……」

菊代は答えながらも、好奇心に目を輝かせた。

「どうか、少しだけでも……」

「良いでしょう。それほどまでに望んでいるのなら」

菊代は、彼の激しい勃起を見て、本心から求めていることを察して答えた。

そして弥助の顔の横に立ち、壁に手をついて身体を支えながら、そろそろと片方の足を浮かせて彼の顔に乗せた。

「ああ……」

弥助は快感にうっとりと喘ぎ、顔中で美女の足裏を味わった。そして舌を這わせ、スラリと上へ伸びた脚と、すでに濡れはじめている陰戸《ほと》を見上げた。

「アア……、何とおかしな気持ち……」

菊代も興奮に声を震わせ、たまによろけそうになるたびギュッと重みをかけて踏んできた。

弥助は足裏を舐め、指の股に鼻を押し付けて、汗と脂の湿り気と蒸《む》れた匂いを味わい、さらに爪先にもしゃぶり付いた。

「あう……！」

指の間に舌を割り込ませると、菊代が呻いて指先を縮めてきた。

やがて味わい尽くすと足を替えてもらい、彼はもう片方の足も味と匂いを心ゆくまで貪った。

「どうか、顔を跨《また》いでしゃがんで下さいませ」

「ああ、そんなことをするの……？」

真下から言うと、菊代も羞恥《しゅうち》と好奇心に息を弾ませ、そろそろと彼の顔に跨がって、ゆっくりしゃがみ込んできた。

何と興奮する眺めであろう。全裸の美女が、自分の顔の上に股間を迫らせてくるのだ。太腿と脹《ふく》ら脛《はぎ》がムッチリと張り詰め、熱気の籠もる陰戸が鼻先に突き付けられた。

見ると、僅《わず》かに開いた陰唇の内側はヌメヌメと大量の淫水が溢れ、今にもトロリと滴りそうなほど雫を脹らませていた。

さらに指で広げると、花弁のような膣口が妖しく息づき、光沢あるオサネも愛撫を待つようにツンと突き立っていた。

「ああ、恥ずかしい……」

菊代は厠《かわや》に入った格好で喘ぎ、ヒクヒクと白い下腹を波打たせた。

弥助はそのまま腰を抱き寄せ、柔らかな茂みに鼻を埋め込んだ。

隅々には、今日も甘ったるい汗の匂いと、ゆばりの成分が入り混じって、悩ましく鼻腔《びこう》を刺激してきた。

うっとりと嗅ぎながら舌を挿し入れ、淡い酸味のヌメリを掻き回しながら、膣口からオサネまで舐め上げると、

「アアッ……！」

菊代が激しい快感に喘ぎ、思わず座り込みそうになって懸命に彼の顔の左右で両足を踏ん張った。

弥助は味と匂いを堪能してから、さらに白く豊満な尻の真下に潜《もぐ》り込み、顔中にひんやりした双丘を受け止めた。

そして僅かに突き出た艶《なま》めかしい蕾に鼻を埋め込んで嗅ぐと、生々しい匂いが鼻腔を掻き回してきた。彼は美女の恥ずかしい匂いを堪能してから舌を這わせ、ヌルッと潜り込ませた。

「あう……！」

菊代が呻き、肛門できつく舌先を締め付けてきた。

その間も陰戸から淫水が糸を引いて滴り、彼の顔を濡らした。

弥助は充分に舌を蠢かせて粘膜を味わってから舌を引き離し、再び前進して割れ目内部に舌を挿し入れて味わい、オサネに吸い付いた。

「も、もう駄目……、いきそう……」

菊代が息を詰めて言い、早々と気を遣ってしまうのを惜しむように、ビクッと股間を引き離してきた。

そして移動して彼に重なり、胸に頬を当ててしばし呼吸を整えた。

「ここ、舐めて下さいませ……」

弥助も次第に図々《ずうずう》しく要求し、彼女の口に乳首を押し付けた。

菊代もチュッと吸い付き、熱い息で肌をくすぐりながら舌を這わせてくれた。

「ああ……、嚙んで下さい……」

さらに言うと、彼女もキュッとお歯黒《はぐろ》の歯を立ててくれ、弥助は甘美な刺激に悶えた。

「あうう、気持ちいい……、どうかもっと強く……」

弥助はさらなる刺激を求めて言い、彼女も力を込めて愛撫してくれた。

もともと過酷な鍛錬《たんれん》に明け暮れていたから痛みには強く、むしろくすぐったいような微妙な刺激より強い方が感じた。

菊代も彼の左右の乳首を舌と歯で愛撫して、さらに肌を舐め下りていった。

そして彼を大股開きにさせると真ん中に腹這い、美しい顔を股間に迫らせてきたのだ。

「こうして」

菊代が言って、彼の両脚を浮かせて尻に迫り、自分がされたようにチロチロと肛門を舐め回してくれたのだ。

「お、奥方様、そのようなことなさらないで……、あう……!」

ヌルッと舌が潜り込むと、弥助は畏れ多い快感に呻き、肛門でキュッときつく美女の舌先を締め付けた。

菊代も厭わず、熱い鼻息でふぐりをくすぐりながら、内部で舌を蠢かせた。

旗本の奥方の舌を肛門で感じるなど、里にいる頃は考えもしなかったことである。

ようやく彼女が舌を引き抜き、弥助の脚を下ろしながらふぐりにしゃぶり付いてきた。二つの睾丸を舌で転がし、袋全体を生温かな唾液にまみれさせると、ここも言いようのない快感が湧いた。

熱い鼻息が肉棒の裏側をくすぐり、いよいよ菊代の舌先が幹の裏側をゆっくり這い上がってきた。

とうとう舌先が先端まで辿り着くと、彼女は味わうように鈴口から滲む粘液を舐め回し、張り詰めた亀頭にもしゃぶり付いた。

「アア……」

弥助が快感に喘ぐと、菊代はスッポリと喉の奥まで呑み込み、上気した頬をすぼめてチュッと吸い付いてきた。

息が恥毛をくすぐり、口の中ではクチュクチュと舌が蠢いて、雁首《かりくび》の溝《みぞ》まで満《まん》遍《べん》なく舌が這い、肉棒全体は生温かな唾液にどっぷりと浸り込んだ。

さらに顔を小刻みに上下させ、濡れた口でスポスポと強烈な摩擦を繰り返してきたのだ。

「お、奥方様……、いけません、いきそう……」

弥助が急激に絶頂を迫らせて口走ると、菊代もスポンと口を引き離し、そのまま前進してきた。

もうためらいなく自分から上になり、唾液に濡れた一物に跨がり、先端を膣口に受け入れて座り込んだ。

たちまち一物は、ヌルヌルッと心地よい肉襞の摩擦を受けながら根元まで呑み込まれ、彼女はピッタリと股間を密着させた。

「アアッ……、いい……！」

菊代が顔を仰け反らせて喘ぎ、合わさった股間をグリグリと擦りつけ、味わうようにキュッキュッときつく締め付けてきた。

弥助も、温もりと締め付けに包まれながら懸命に暴発を堪え、奥歯を噛み締めて快感を味わった。

やがて菊代が上体を起こしていられなくなったように、そろそろと身を重ねてきた。

それを抱き留めた彼は、顔を上げてたわわに揺れる豊かな膨らみに迫った。

今日も濃く色づいた乳首に、ポツンと乳汁の雫が滲み出ていた。

チュッと吸い付いて雫を舐め、さらに滲んでくる薄甘い乳汁で舌を濡らした。

「ああ……、もっと吸って……」

菊代が喘ぎ、さらに膨らみを彼の顔中に押し付けてきた。

弥助はうっとりと喉を潤し、左右の乳首を交互に含んで心ゆくまで乳汁を味わって飲み込んだ。

感じるたび、乳首と膣内が連動するように収縮が増した。

すると菊代が、緩やかに腰を動かしはじめたのだ。

しゃくり上げるように動くと恥毛が擦れ合い、コリコリする恥骨の膨らみまで下腹部に伝わってきた。

「アア……、す、すぐいきそう……」

菊代が喘ぎ、大量の淫水を漏らして律動《りつどう》を滑らかにさせた。

そして弥助の口から乳首を離すと、左右の膨らみを彼の顔中に擦りつけてきたのだ。

「ああ……、どうか、顔中に垂らして下さい……」

弥助が言うと、菊代も興奮に任せて両の乳首をつまみ、彼の顔に絞り出してくれたのだった。

白濁の雫がポタポタと滴り、無数の乳腺からは霧状《きり》になった乳汁も彼の顔中に生温かく降りかかった。

弥助は甘ったるい匂いに包まれ、うっとりと酔いしれながら、彼女の動きに合わせてズンズンと股間を突き上げはじめた。

五

「アア……、いい気持ち……、もっと強く突いて、奥まで深く……」

菊代が熱く喘ぎ、声を上ずらせて言ったが、あまり激しく動くとすぐ果ててしまいそうだった。

弥助は彼女の腋の下にも鼻を埋め込み、腋毛に籠もった濃厚な汗の匂いに噎せ返り、さらに下から唇を求めていった。

菊代も上からピッタリと唇を重ね、自分からヌルリと舌を潜り込ませてきた。

弥助は滑らかに蠢く舌を舐め回して味わい、甘い息に酔いしれた。

「どうか、もっと唾を……」

唇を触れ合わせながら囁《ささや》くと、彼女もトロトロと吐き出してくれた。

生温かく小泡の多い粘液を味わい、うっとりと喉を潤すと快感が高まり、彼は下からしがみつきながら、次第に股間の突き上げを強めていった。

「あう……、すごい……」

菊代も快感を高めて呻き、乳汁に濡れた彼の顔中にまでヌラヌラと舌を這わせてくれたのだ。

滑らかな舌が鼻の穴から鼻筋、頰から瞼《まぶた》にまで這い回り、たちまち顔中は乳汁と唾液の混じったヌメリにまみれた。

弥助は、菊代の息の匂いに混じった乳汁や唾液など様々な成分に酔いしれ、もう我慢しきれないほど高まっていった。

「い、いきそうです……」

「待って、私も……、い、いく……、アアーッ……!」

言うなり菊代も応じ、激しく喘ぎながらガクガクと狂おしく痙攣《けいれん》した。

どうやら、辛うじて先に彼女の方が気を遣ってくれたようだ。

弥助も続いて、膣内の艶めかしい収縮の中、美女の匂いに包まれながら激しく昇り詰めていった。

「く……!」

突き上がる大きな絶頂の快感に呻くと同時に、熱い大量の精汁がドクンドクンと内部に勢いよくほとばしった。

「あ、熱いわ……、もっと……!」

菊代が噴出を感じて口走り、さらにキュッキュッときつく締め上げてきた。

弥助は溶けてしまいそうな快感を嚙み締めながら、心置きなく最後の一滴まで出し尽くしていった。

満足して突き上げを弱めていくと、菊代も徐々に肌の強ばりを解いてグッタリと体重を預けてきた。

「ああ、なんて気持ちいい……」

彼女が吐息混じりに言い、遠慮なくのしかかった。

弥助は重みと温もりを受け止め、まだ貪欲に収縮する膣内でヒクヒクと過敏に幹を跳ね上げた。すると応えるように、彼女も締め付けながら全て搾《しぼ》り取ってくれた。

そして熱く喘ぐ口に鼻を押し付け、花粉のように甘い息の匂いを胸いっぱいに嗅ぎながら、うっとりと余韻を嚙み締めた。

菊代も、期待があったぶん前回より快感は大きかったようだ。

しばし重なったまま呼吸を整えると、ようやく菊代がそろそろと股間を引き離した。

「お風呂へ行きましょう……」

彼女が言うので、弥助も身を起こし、彼女を支えながら立ち上がった。

大胆にも全裸のまま部屋を出て湯殿に行くと、彼は昨夜の残り湯を手桶に汲《く》んで、互いの股間を洗い流した。

「ああ……、しばらく力が入らないわ……」

身体を洗ってほっとしたように菊代が言ったが、もちろん弥助は再びムクムクと回復していった。

「ね、ゆばりを出して下さいませ」

彼は、昨夜佐枝にも求めたことを口にしてしまった。

「え、なぜそのようなことを……」

「美しい方が出すところを見てみたいのです。どうか、このように」

戸惑いの中にも好奇の色を見た弥助は、簀の子に座ったまま目の前に菊代を立たせて言った。

そして股を開かせると、その間に顔を差し入れて密着させた。

「アア……、このまま出すのですか……」

「お願い致します」

弥助は懇願しながら、匂いの薄れた恥毛に鼻を擦りつけ、割れ目内部に舌を這わせた。

前回は菊代の自害すら心配したものだったが、今日の彼女の様子では、もう何をしても大丈夫で、むしろ刺激が強いほど燃えて応じそうだった。

舌を這わせると、すぐにも新たな淫水がヌラヌラと溢れてきた。

「よ、良いのですか。本当に出そうなので、離れて……」

菊代は息を詰めて言ったが、もちろん彼は返事の代わりにオサネにチュッと吸い付いた。

「あう、出る……」

菊代が言うなり、内部の柔肉が盛り上がって味と温もりが変わり、間もなくチヨロチョロと熱い流れがほとばしってきた。

やはり毎日食しているものが同じだから、味わいと匂いは佐枝に似て淡く、彼は抵抗なく喉に流し込むことが出来た。

「ああ……、の、飲んでいるの……？」

菊代が驚いたように言いながらも、いったん放たれた流れは止めようもなく、さらに勢いを増して注がれてきた。

弥助は味と匂いに酔いしれながら喉を潤し、溢れた分を肌に浴びながら興奮を高めていった。量は佐枝よりも多く、彼女はガクガクと膝を震わせながら延々と放尿を続けた。

ようやく勢いが衰え、流れが治まると弥助は余りをすすり、内部を舌で掻き回した。

すると、やはり淡い酸味のヌメリが溢れ、残尿の味わいを洗い流していった。

「ああ……、もう駄目……」

彼が顔を引き離すと、菊代は言いながら支えを失ったようにクタクタと座り込んでしまった。それを抱き留めると、残り香を感じながら弥助は再び互いの全身を洗い流した。

もちろん彼も、もう一回射精しないことには治まらないほどピンピンに勃起していた。

「ど、どうか、指でして下さいませ……」

「まあ、もうこんなに大きく……」

甘えるように言うと、菊代も彼の回復に驚いて言った。

「指でいいの？　お口の方が気持ち良いでしょう」

彼女が淫らに熱っぽい眼差しで囁いた。

また入れたいのは山々だが、夕刻には皆も帰宅するだろうから、力が抜けてしまっては困るようだ。

「ええ、では果てそうになるまで指で……」

弥助は言って風呂桶に寄りかかり、横から菊代に密着した。

すると彼女も強ばりを握りしめ、やわやわと動かしてくれた。

弥助は唇を求めて舌をからめ、菊代の唾液と吐息を味わいながら指の愛撫に高まっていった。

さらに彼女の開いた口に鼻を押し付け、お歯黒の歯並びの間に挿し入れ、口の中のかぐわしい匂いを貪った。

「あ……」

菊代も羞《は》じらいに声を洩らしながらも、惜しみなく熱い吐息を与えてくれた。

やはり手のひらの中で、彼が悦《よろこ》んでいるのが分かるのだろう。

やがて弥助は、美女の匂いで絶頂を迫らせた。

「い、いきそう……」

言うと彼女は顔を離し、そっと彼を簀の子に横たえると、強ばりに顔を寄せてきた。

そして股間に熱い息を籠もらせながら肉棒にしゃぶり付き、舌を這わせて唾液にまみれさせると、顔を上下させてスポスポと摩擦してくれたのだ。

「い、いく……、アアッ……！」

弥助もためらいなく、快感だけを全身に受け止めて口走った。

同時に大きな絶頂の嵐が彼を包み込み、二度目とも思えない量の精汁をドクンドクンと勢いよくほとばしらせてしまった。

「ンン……」

菊代は喉の奥を直撃されて呻き、それでも噴出を受け止めながら、なおも艶めかしい摩擦と吸引、舌の蠢きを続けてくれた。

「ああ……」

弥助は快感に悶えて喘ぎ、畏れ多さの中で心置きなく最後の一滴まで絞り尽くされてしまったのだった。そして彼がグッタリとなると、菊代も愛撫を止め、含《や》んだままゴクリと飲み込んでくれた。

噈下《えんか》の刺激にピクンと幹を震わせ、彼は満足して身を投げ出した。

ようやく菊代も口を離し、なおも幹をニギニギとしごきながら、鈴口に滲む余りの雫を丁寧に舐め取った。

「く……、も、もう結構です。有難うございました……」

クネクネと腰をよじらせて言うと、菊代もやっと顔を上げて淫らに舌なめずりしたのだった。

第四章　旗本《はたもと》娘の激しい淫気

一

「では、こちらへどうぞ。中で志乃様がお待ちです。存じ寄りの家なので、今日は誰もおりません。どうか志乃様のお心のままに」

雪絵が言い、伊三郎を一軒の仕舞屋《しもたや》に案内した。

あとで聞くと、雪絵の知り合いでお花の師匠らしく、今日は家を借りるために金を渡して芝居見物に行かせたらしい。

そして志乃も数日、恋煩《わずら》いに伏せっていたものの、雪絵が伊三郎と会わせると告げると元気に起き、家にはやはり雪絵と芝居見物ということで出て来たようだった。

いきなり雪絵に呼び出された伊三郎は、妖《あや》しい期待に胸を高鳴らせていた。

雪絵は、彼の淫気の強さを信頼し、志乃を託す気になったらしい。

そして今日、志乃と実際に情交を行ない、伊三郎が彼女の意に沿えば全面的に協力して永江家を説得してくれるようだ。

上がり込むと、伊三郎は雪絵に奥の座敷へ案内された。

入ると、そこには床《とこ》が敷き延べられ、すでに襦袢《じゅばん》姿になっている志乃が座って待っていた。

「まあ、伊三郎様。またお目もじ出来て嬉しい。雪絵、礼を言います」

志乃が顔を輝かせて言い、伊三郎は室内に生ぬるく籠《こ》もる甘ったるい匂いに股間を疼《うず》かせた。

「では、私はあちらで休息しておりますので、何かありましたらお呼びを」

「ええ、呼ぶまでは決して来ないで」

「承知しております。湯殿《ゆどの》の仕度《したく》も出来ておりますので、ご存分に」

雪絵は言い、恭《うやうや》しく辞儀《じぎ》をして部屋を出ると、静かに襖《ふすま》を閉めて足音が遠ざかっていった。

「伊三郎様、どうかこちらへ」

「はい」

言われて伊三郎も頷《うなず》き、大小を隅に置くと志乃に近づいて座った。

「ああ、何て綺麗《きれい》なお顔。あの日は恥ずかしくてあまり見られませんでした」

「いえ、志乃様もことのほかお美《うつく》しゅうございます」

見つめ合い、伊三郎もあらためて志乃の眩《まぶ》しいほど清楚な美しさに目を見張って答えた。

本当に、このたおやかな美女が、手すさびでは満足できないほどの絶大な淫気を秘めているのだろうか。

「雪絵から聞いていますか。私のことを」

「ええ、少しだけ……」

「どのように?」

「お見かけによらぬほど激しい気性なので、お婿《むこ》選びが大変と」

「ええ……、確かに自分でもままならないほど激しいのです。それで、雪絵からは何をしろと?」

「どのようにでも、志乃様のお言いつけに従ってほしいと」

「それで、伊三郎様は構いませんか」

「もちろんです。どんな言いつけにも従うつもりで参りましたので」

答えると、志乃は満面の笑みで悦《よろこ》びと期待を表わした。

「そう、してみたいことが山ほどあります。そして、してほしいことも」

「何なりとお申し付け下さいませ」

「では、脱いで下さい。何もかも全部」

「はい」

伊三郎は答え、立ち上がって袴《はかま》を脱ぎはじめた。

今日は雪絵の呼び出しがあってから、急いで湯殿で股間を洗ってから出て来たのである。

彼が袴と着物を脱ぐと、志乃も座ったまま帯を解いて襦袢と腰巻を脱ぎ去り、先に一糸《いっし》まとわぬ姿になってしまった。

伊三郎も襦袢と下帯を脱いで全裸になると、恐る恐る布団《ふとん》に近づいた。

「ここに寝て、よく見せて下さい」

志乃が言い、彼も布団に仰向《あおむ》けになって、股間を隠していた手を離すと、ピンピンに勃起している一物を露《あら》わにした。

「まあ、これが男のもの……、何と艶《なま》めかしい。張り型と違い、血が通って動いています……」

志乃が近々と顔を寄せ、熱い視線を這《は》わせていった。

伊三郎は、淫《みだ》らな性《さが》を持ちながらまだ無垢《むく》な視線と息を股間に感じ、幹《みき》を震わせて興奮を高めた。

「もっと股《また》を開いて。まあ、やはり絵とは違います。では触れますよ」

志乃が言い、大股開きになった真ん中に腹這い、まずはふぐりにそっと触れてきた。

「あう……」

「痛いですか。急所と聞きますが」

「いえ、大丈夫です。気持ち良くてつい声が……」

伊三郎は、清らかな指先の感触に胸を高鳴らせながら小さく答えた。

「何と、お手玉のような袋。確かに中に二つ玉が……」

志乃は言いながら指先でふぐりを撫《な》で回し、袋をつまみ上げて肛門の方も覗《のぞ》き込んできた。

そしていよいよ肉棒を撫で上げ、やんわりと握って動かした。

「温かいわ。柔らかさの中にも、芯《しん》があるような……」

志乃は頰《ほお》を上気させて言い、興奮と好奇心で目をキラキラさせた。

「先っぽが濡れてきました。これは精汁?」

「いえ、先走りで心地よいと濡れるのです。精汁は白くて、勢いよく飛びます」

伊三郎は声を震わせて答え、同じ無垢な好奇心は、大旗本《はたもと》の志乃も町家の桃香も同じようなものだと思った。

「それにしても、艶《つや》があって何と綺麗な色。まるで李《すもも》のようだわ。食べてしまいたい……」

「ど、どうか食べないで下さいませ……」

「ええ、でも歯を当てず、痛くないように食べるなら構いませんでしょう」

志乃が言うなり、形良い唇《くちびる》を寄せてきた。

恐らく張り型を入れる前に、先端を舐《な》めて濡らすことはしているのだろう。

やがて彼女は桃色の舌をチロリと伸ばし、幹を指で支えながら鈴口の粘液を舐め回した。

「アア……」

無垢な舌が滑らかに這い、伊三郎は快感に喘《あえ》いだ。

「あまり味はないわ……」

志乃が独《ひと》りごちるように言い、さらに張り詰めた亀頭をしゃぶり、スッポリと喉《のど》の奥まで呑《の》み込んでいった。

温かく濡れた口腔に深々と含まれ、彼はヒクヒクと幹を震わせ、暴発しないよう肛門を引き締めた。

「ンン……」

志乃は喉の奥につかえるほど呑み込んで小さく鼻を鳴らし、息で恥毛をくすぐった。そして幹を丸く締め付けて吸い、口の中ではクチュクチュと舌《した》を這わせ、肉棒を清らかな唾液《だえき》にまみれさせた。

「い、いってしまいます……」

伊三郎が息を詰めて警告を発すると、すぐに志乃もチュパッと口を離した。

「出しても良いのですが、しばらくは萎《な》えて使いものにならなくなると書かれていました。それにお口が疲れたわ」

志乃は答え、彼に添い寝してきた。

「どうか、私にも……」

肌を寄せて言うので、伊三郎も顔を向け、淡《あわ》い桜色の乳首にチュッと吸い付いていった。

「あん……」

志乃が目を閉じ、うっとりと喘ぎながら仰向けになって身を投げ出してきた。

膨《ふく》らみは案外豊かだが、さすがに生娘《きむすめ》は柔らかさばかりではなく、まだ硬い弾力が秘められているようだった。

自然に伊三郎も彼女の上からのしかかる形になり、充分に舌で転がしてから、もう片方の乳首も含んで舐め回した。

肌は実にきめ細かく滑らかで、透けるように白かった。

さらに腋《わき》の下にも鼻を埋めると、和毛《にこげ》が生ぬるく湿り、何とも甘ったるく濃厚な汗の匂いが馥郁《ふくいく》と籠もっていた。

やはり数日寝込み、今日もそのまま来たのだろう。

彼は好奇な美女の体臭で鼻腔《びこう》を満たし、胸いっぱいに嗅《か》いでから滑らかな肌を舐め下りていった。

「アア……、くすぐったくて、いい気持ち……」

臍《へそ》や腰骨を舐めると、志乃がヒクヒクと悶《もだ》えながら喘いだ。

伊三郎は張り詰めた下腹に顔を埋めて弾力を味わい、もちろんまだ股間は避けてムッチリした太腿《ふともも》から脚を舐めていった。

脛《すね》もスベスベで、彼は足首まで下りて足裏に回り、踵《かかと》から土踏まずを舐め、指の間に鼻を押し付けて嗅いだ。

そこは乳母日傘《おんばひがさ》のお姫様でも、やはり汗と脂《あぶら》に湿ってムレムレの匂いが濃厚に沁《し》み付いていた。

伊三郎は足の匂いを貪《むさぼ》り、爪先《つまさき》をしゃぶって全ての指の股に舌を割り込ませ、両足とも味と匂いを堪能《たんのう》し尽くした。

二

「ああ……、いいわ……、そんなところまで舐めてくれるなんて……」

志乃が声を震わせて喘いだ。

別に雪絵から聞いていたわけでもないだろうが、何をしても拒《こば》むことなく、全て新鮮に受け入れてくれそうだった。

「では、どうかうつ伏せに」

伊三郎が言うと、志乃も素直に寝返りを打ってくれた。

やはり彼も、普通ならば触れることの出来ない娘の全身を隅々まで味わいたかったのだ。

踵から脹《ふく》ら脛《はぎ》に舌を這わせ、汗ばんだヒカガミから太腿、尻に這い上がった。

尻の谷間は後に取っておき、弾力ある丸みをたどり、腰から背中を舐めると淡い汗の味がした。特に、紐《ひも》の締め付けの痕《あと》は味がはっきりとし、背中もかなり感じるようだ。

「ああ、いい気持ち……」

志乃は顔を伏せて喘ぎ、感じるたびにビクッと反応した。

肩まで行ってうなじを舐め、髪の香油を嗅いでから、耳の裏側の汗ばんだ匂いも貪り、再び首筋から舌で滑らかな背を這い下りていった。

尻に戻ると、うつ伏せのまま股を開かせ、間に身を置いて迫った。

指でムッチリとした谷間を広げると、奥に可憐《かれん》な薄桃色の蕾《つぼみ》がひっそり閉じられ、綺麗な襞《ひだ》を震わせていた。

鼻を埋め込んで嗅ぐと、ひんやりした双丘が顔中に密着し、秘めやかな匂いが悩ましく鼻腔を刺激してきた。

やはり大旗本でも誰だろうと、ちゃんと用を足すのである。

伊三郎は感激と興奮に包まれながら、志乃の生々しい匂いを貪り、充分に胸を満たしてから舌を這わせた。

襞を濡らし、ヌルッと潜《もぐ》り込ませて滑らかな粘膜《ねんまく》を探ると、

「あう……、変な気持ち……」

志乃が呻《うめ》き、肛門でキュッと舌先を締め付けてきた。手すさびでも、尻の方はいじっていないらしい。

彼はとがらせた舌を出し入れさせるように動かし、心ゆくまで味わってから顔を引き離した。

「どうか、また仰向けに」

言うと彼女も寝返りを打って仰向けになった。その両膝《ひざ》を左右全開にさせ、顔を寄せて無垢な陰戸《ほと》に目を凝《こ》らした。

股間の丘に煙《けぶ》る恥毛は楚々《そそ》とし、しかし割れ目からはみ出す花びらはネットリとした大量の淫水にまみれて熱気が籠もっていた。

陰唇も大きめで発達し、同じ生娘でも、やはり初々《ういうい》しい桃香とは違っていた。もちろん旗本と町人の違いではなく、志乃は驚くほど豊富な自慰《じい》体験があるから淫水の量が違うのだろう。

指で広げると、細かな襞の入り組む無垢な膣口《ちつ》が息づき、僅《わず》かに白っぽく濁る粘液もまつわりついていた。

ポツンとした尿口も見え、そして小指の先ほどのオサネが突き立っていた。

祐馬などは、まさか淑《しと》やかな志乃がこんなにも濡れて快楽に貪欲《どんよく》だなど夢にも思っていないだろう。

「アア、見られているのね、恥ずかしい……」

志乃が、彼の熱い視線と息を感じて喘いだ。

「女の股は気味が悪いですか。舐めてもらえますか……」

「もちろんです」

彼が見惚《みほ》れているのをためらいと思ったか、志乃が不安げに言い、すぐに伊三郎は答えて顔を埋め込んでいった。

柔らかな若草に鼻を擦《こす》りつけて嗅ぐと、濃厚な汗の匂いにゆばりの匂いが混じり、さらに大量の淫水による生臭い成分も鼻腔を搔《か》き回してきた。

伊三郎は、美女の匂いを何度も嗅いで胸を満たし、舌を這わせていった。

陰唇の内側を舐め、奥の柔肉を探ると、やはり淡い酸味のヌメリが舌の動きを滑らかにさせた。

無垢な膣口の襞をクチュクチュと探り、柔肉をたどってオサネまで舐め上げていくと、

「アアッ……、き、気持ちいい……」

志乃が身を弓なりに反《そ》らせて喘ぎ、内腿できつく彼の両頬を挟み付けてきた。

伊三郎も、上の歯で包皮を剝《む》き、完全に露出したオサネに吸い付き、舌先で小刻みに舐め回した。

「あう、もっと強く……！」

志乃が内腿に力を込め、さらに男の顔が股間にあるのを確認するように手を伸ばし、彼の頰に触れてきた。

伊三郎も舌先を上下左右に動かしてオサネを刺激しては、大量に漏《も》れてくるヌメリをすすって匂いに酔いしれた。

さらに彼はオサネを舐めたり吸ったりしながら、左手の人差し指を浅く肛門に潜り込ませ、膣には右手の人差し指を挿《さ》し入れてクチュクチュと小刻みに内壁を擦った。

やはり生娘とは言え、手すさびに慣れている彼女には強いぐらいの愛撫《あいぶ》の方が良いようだ。

「い、いい……、いく……、アアーッ……！」

ガクガクと腰を跳《は》ね上げた志乃は、声を上ずらせて喘ぎながら硬直し、とうとう気を遣《や》ってしまったようだった。

粗相《そそう》したように淫水が漏れて敷布にまで沁み込み、伊三郎は前後の穴で指を小刻みに動かしながら、彼女がグッタリとなるまで舌を這わせ続けた。

「あうう……、も、もう堪忍《かんにん》……」

やがて志乃が声を洩《も》らし、強《こわ》ばりを解いて放心状態になったので、伊三郎も舌を引っ込め、前後の穴から指を引き抜いた。

肛門に入っていた指に汚れの付着はなく、爪にも曇りはないが悩ましい微香が感じられ、膣内にあった指の腹は湯上がりのようにふやけてシワになり、白っぽい粘液が湯気さえ立てていた。

伊三郎は懐紙《かいし》で指を拭《ぬぐ》い、再び彼女に添い寝した。

「ああ……、気持ち良かった……。宙に舞うほどに……」

志乃がヒクヒクと肌を震わせて力なく言い、それでもまだ満足せず、貪欲な性が頭をもたげはじめたようだ。

「でも、やはり入れてみたい……」

「ええ、ではどうか志乃様が上に」

言われて答えると、志乃も懸命に力を入れて身を起こし、彼も仰向けになって屹立《きつりつ》した肉棒を突き出した。

彼女はもう一度一物に顔を寄せて亀頭をしゃぶり、たっぷりと唾液にまみれさせてから口を離した。

そして、そろそろと跨《また》がり、先端に濡れた割れ目を押し付けてきたのだ。

憧れの情交に、志乃は期待と興奮に息を震わせ、やがて位置を定めて腰を沈み込ませていった。

張り詰めた亀頭がヌルッと潜り込むと、あとは重みと潤いに助けられ、ヌルヌルッと滑らかに根元まで受け入れた。

「アアッ……、い、いい……！」

志乃は深々と納めて股間を密着させ、顔を仰《の》け反らせて喘いだ。

初回から、これほど感じる生娘が他にいるだろうか。しかも張り型と違って一物は温かく、感じるたび内部でヒクヒク震えるのである。

伊三郎も、きつい締め付けと熱いほどの温《ぬく》もり、大量のヌメリと肉襞の摩擦《まさつ》に包まれて必死に暴発を堪《こら》えた。

彼女はぺたりと座り込み、肉棒を味わうようにキュッキュッと締め付けてからゆっくりと身を重ねてきた。

伊三郎も両手を回して抱き留め、僅かに両膝を立てて彼女の尻を支えた。

「な、何ていい気持ち……、これが本当の情交なのですね……」

志乃が、とろんとした眼差《まなざ》しで近々と顔を寄せて囁《ささや》いた。

桃香に似た、甘酸っぱい息の匂いが鼻腔を刺激し、伊三郎は堪《たま》らず引き寄せて唇を重ねた。

柔らかな感触を味わい、舌を挿し入れて滑らかな歯並びを左右にたどると、彼女も開いて受け入れた。

温かな奥に侵入すると、志乃も舌を触れ合わせ、チロチロとからみつけてくれた。生温かな唾液のヌメリと、滑らかな感触が何とも心地よく、彼は徐々に股間を突き動かしはじめた。

「ンン……」

刺激を受けた志乃が、彼の舌にチュッと強く吸い付いて呻き、合わせて腰を遣いはじめた。

たちまち互いの動きが一致し、クチュクチュと湿った摩擦音が響き、溢《あふ》れる淫水が律動《りつどう》を滑らかにさせていった。

「ああ……、い、いきそう……」

志乃が苦しげに口を離して熱く喘ぎ、締め付けと収縮を強めていった。

伊三郎も限界に達し、彼女の顔を抱き寄せて喘ぐ口に鼻を押し込み、甘酸っぱい吐息と唾液の匂いで鼻腔を満たしながら、とうとう昇り詰めてしまった。

「く……！」

大きな快感に呻き、熱い大量の精汁がドクンドクンと勢いよく内部にほとばしり、深い部分を直撃した。

三

「あ、熱いわ、いく……、ああーッ……！」

志乃が噴出を感じた途端《とたん》、激しく気を遣って口走り、ガクガクと狂おしく痙攣《けいれん》した。

確かに張り型は射精しないので、熱いほとばしりが最高だったようだ。

伊三郎は心ゆくまで快感を嚙《か》み締め、激しく股間を突き上げながら最後の一滴まで出し尽くしていった。

そして満足しながら突き上げを弱め、とうとう生娘と、しかも遥《はる》かに上位の大旗本の娘としてしまった感激を嚙み締めた。

「アア……」

志乃も声を洩らし、いつしか肌の強ばりを解いてグッタリと彼に体重を預けていた。生娘なのに激しい絶頂を覚え、まだ膣内はキュッキュッと収縮を繰り返していた。

これで、生身は張り型などよりずっと良いことを知ったようだった。

締め付けられるたび、射精直後の一物がヒクヒクと過敏に内部で跳ね上がり、志乃も応えるようにさらにきつく締め上げてきた。

伊三郎は彼女の喘ぐ口に鼻を押し付け、甘酸っぱい吐息と唾液の匂いを嗅ぎながら、うっとりと快感の余韻《よいん》を味わった。

「まだ中で動いているわ。こんなに良いものだなんて……」

志乃が息を震わせて言い、想像以上に良かったようで彼も嬉しかった。

ようやく、彼女がそろそろと股間を引き離し、懐紙で拭《ふ》くこともせず、すぐ一物に顔を寄せてきた。

「これが、精汁の匂い……？」

言って濡れた幹を握って先端を嗅ぎ、淫水と精汁にまみれた亀頭を舐め回しはじめた。

「あう……、どうか、もう……」

「そう、しばらくは触れない方が良いのね。私も同じです」

腰をよじって呻くと、志乃もすぐ舌を引っ込めて答えた。

「少し生臭いけど、あまり味はないのね」

志乃は舌なめずりして言い、ようやく身を起こした。

「ね、湯殿へ参りましょう」

言われて伊三郎も立ち上がり、少々フラつく志乃を支えながら、互いに全裸のまま部屋を出た。

廊下を進むと、すぐに勝手口脇の風呂場に行き、雪絵も気を利《き》かして奥へ引っ込んだまま顔を出すようなことはしなかった。

風呂桶《おけ》には湯が張られ、伊三郎は手桶に汲《く》んだ湯で互いの身体、特に股間を念入りに洗い流した。

濃かった匂いが消えてしまうのは残念だが、仕方がないしもう充分に嗅いだ。

もちろん伊三郎は一回の射精で気が済むはずもなく、湯に濡れた志乃の肌を見ているうち、またすぐにもムクムクと回復し、元の硬さと大きさを取り戻してしまった。

伊三郎は興奮を甦《よみがえ》らせながら言い、自分は簀《す》の子に座ったまま、彼女を目の前に立たせた。

「どうか、このように……」

「どうするのです」

「足をここへ……」

言うと志乃も、素直に片方の足を浮かせて風呂桶のふちに乗せた。

伊三郎は開いた股に顔を埋め、湯の匂いの籠もる恥毛に鼻を擦りつけ、割れ目内部に舌を這わせた。

「ああ……、いい気持ち……」

志乃も、すぐにも熱く喘いでガクガクと膝を震わせた。

「ゆばりを放って下さいませ」

「まあ、そのようなことを……」

股間から言うと、さすがに志乃も驚いたように答えた。

「どうか、ほんの少しでも良いので」

「いえ、もしかしたら、たっぷり出てしまうかも……」

志乃が、物怖《ものお》じせずに答え、下腹に力を込めて尿意を高めはじめた。

やはり乳母日傘育ちで、何もかも身の回りの世話を焼いてもらってきたから、人前での排泄《はいせつ》について羞恥《しゅうち》心は希薄なのかも知れない。

ためらいがないので伊三郎も期待に胸を弾《はず》ませ、念入りに舌を這わせながら待った。

すると間《ま》もなく柔肉が迫り出《せ》すように盛り上がり、味わいと温もりが変化し、たちまちチョロチョロと熱い流れがほとばしってきた。

「アア……、立ったまますするなんて……」

志乃が彼の頭に摑《つか》まりながらうっとりと言い、さらに勢いを増して遠慮なく注いできた。

伊三郎は流れを口に受け、淡く上品な匂いと味を嚙み締めながら喉に流し込んでいった。甘美な悦びが胸に広がったが、量が多いので口から溢れた分が温かく胸から腹に伝い流れ、回復した一物が心地よく浸《ひた》された。

やがて、ゆるゆると放尿していた志乃も息を弾ませ、自分から彼の口に股間を押しつけてきた。それでも、ようやく勢いが衰えると、間もなく流れは治まってしまった。

伊三郎は残り香の中、舌を挿し入れて余りの雫《しずく》をすすった。

「あう……、いい気持ち……」

志乃も新たな淫水を漏《も》らして呻き、やがて自分から脚を下ろして座り込んだ。

彼も抱き留め、また手桶に汲んだ湯で志乃の割れ目を洗い流してやった。

「ね、私も飲んでみたいわ……」

志乃が言い、すっかり勃起している一物を握ってきた。

伊三郎も興奮に突き動かされ、身を起こして風呂桶のふちに腰を下ろし、座っている志乃の顔の前で両膝を開いた。

彼女も顔を進め、張り詰めた亀頭にしゃぶり付き、つぶらな目で伊三郎を見上げながら吸い付いてくれた。

伊三郎も見下ろし、絶世の美女が股間で一物を咥《くわ》えている状況に激しく高まった。

「ンン……」

志乃は喉の奥まで呑み込んで舌をからめ、頬をすぼめて吸いながら、うっとりと熱く鼻を鳴らした。そして自分から顔を前後させ、濡れた口でスポスポと摩擦を開始してくれたのだ。

「い、いきそうです……」

伊三郎は急激に絶頂を迫らせ、股間に熱い息を受けながら口走った。すると志乃も摩擦と吸引、舌の蠢《うごめ》きを強めてくれた。どうやら本当に口に出して良いらしい。

たちまち彼は美女の唇の感触と舌の滑らかさに昇り詰め、清らかな唾液にまみれた幹をヒクつかせた。

「いく……、アアッ……！」

喘ぎながら大きな快感に全身を貫《つらぬ》かれ、同時にありったけの熱い精汁がドクンドクンと志乃の口の中にほとばしり、喉の奥を直撃した。

「ク……！」

噎《む》せそうになって呻いた志乃が思わず口を離し、それでも物珍しげに噴出を見守り、あとは両手のひらで錐揉《きりも》みにしてくれたのだ。

「ああ……、気持ちいい……」

伊三郎は快感に口走り、余りの精汁を飛び散らせた。

それは志乃の美しい顔にほとばしり、鼻筋や頬をヌラリと伝い流れて顎《あご》から糸を引いて滴《したた》った。

「すごい勢い……」

志乃が目を凝らして言い、もちろん口に飛び込んだ第一撃は飲み込んでくれたようだった。

「ああ……」

伊三郎は、彼女の指の刺激と熱い視線を受けながら、最後の一滴まで絞り尽くされて声を洩らした。噴出が済むと、彼女は顔を濡らしたまま舌を伸ばし、チロチロと鈴口を舐めてくれた。

「く……、も、もう……」

彼は過敏に反応しながら呻き、志乃も雫を舐め取ると舌を離し、指で顔に降りかかった粘液を拭って淫らに口に含んだ。

「気持ち良かったですか」

「ええ、すごく……」

澄んだ声で聞かれ、伊三郎は熱く息を弾ませながら答え、ようやく簀の子に座り込んだ。すると志乃が手桶の湯を浴びせ、ヌメリが消え去るまで丁寧に指で擦ってくれた。

どうやら志乃は、淫らなことならどんな要求にも応えてくれ、自分も快楽を得るのが大好きなようだった。

やがて呼吸を整えると、もう一度二人で湯を浴びて全身を流し、身体を拭いて湯殿を出た。また全裸のまま部屋に戻ると、志乃も今日はすっかり満足したように腰巻と襦袢を着けた。

「あとは、雪絵が上手く進めてくれると思います。もちろんその前に、またお会いして下さいませ」

「はい、もちろんです」

伊三郎も答え、身繕《みづくろ》いをしたのだった。

四

「おい吉村、ちょっと顔を貸せ」

帰り道、伊三郎はいきなり祐馬に声を掛けられた。他の二人、腰巾着《こしぎんちゃく》の山尾と塚田も一緒である。

袋竹刀《ふくろしない》を持っていたので、執拗《しつよう》に伊三郎をつけ回していたのではなく、道場の帰りにたまたま見かけて声を掛けてきたらしい。

「いえ、私は急ぎの所用が……」

「前に、覚えていろと言ったはずだ。来い」

祐馬が言い、他の二人も後ろに回り込み、逃げ出すわけにもゆかなくなり、仕方なく伊三郎は従った。

（弥助は来ているのだろうか……）

伊三郎は思ったが、そう周囲を見回すことも出来ない。

家を出るときは雪絵が一緒だったから期待に夢中で、弥助のことも忘れていたのである。そして今は快楽の直後だから、弥助を当てにするのが何やら後ろめたかった。

やがて一行は、前に悶着《もんちやく》を起こした神社の境内《けいだい》に入った。

「これを使え。あの時は強《したた》かに酔っていたが、今日はそうはゆかぬぞ」

祐馬が、一振《ひとふ》りの袋竹刀を投げ渡してきた。

白面《しらふ》だから、さすがに大それた白刃の斬《き》り合いなどせず、竹刀で戦おうというのだ。

確かに斬って捨てたら大事になることぐらい、祐馬も分かっているのだろう。

しかし白面だけに、迫力はあの時以上だった。

仕方なく、伊三郎も袋竹刀を手にした。

「さあ来い。二人は手を出さぬ。一対一の勝負だ」

祐馬が言い、得物を青眼に構えた。

笑みが浮かんでいるのは、前は酔いで油断しただけであり、今は絶対の自信を持っているからなのだろう。

「行くぞ！」

祐馬が言うなり大上段から振り下ろしてきた。伊三郎は身がすくみ、切《き》っ先《さき》を向けたままどうすることも出来なかった。

しかし、その時である。

「うぐ……！」

祐馬が呻くなり全身を硬直させ、腹を押さえて膝を突いたのである。

どうやら、やはり弥助が来て石飛礫《つぶて》を当ててくれたようだ。他の二人から見れば、伊三郎が切っ先で祐馬の水月《すいげつ》を突いたと思ったことだろう。

「た、田所さん……」

二人は驚き、うずくまった祐馬に駆《か》け寄ったが、彼は完全に昏倒《こんとう》していた。

「じゃ、行って構いませんね」

伊三郎は言って袋竹刀を置き、そのまま境内を出た。

そっと振り返ると、二人は怯《おび》えたように追ってこず、気絶している祐馬を抱え起こしていた。

とにかく伊三郎は、事なきを得てほっとしながら、足早に帰途《きと》についた。

途中で何度も周囲を見回したが、弥助の姿はない。

そして帰宅して呼ぶと、すぐに弥助が現われて膝を突いた。

「済まない。今日も助かった」

「いえ、いつもおりますので、今後とも威風堂々《いふうどうどう》としていて下さいませ」

「あ、ああ、そうだな」

言われて、伊三郎も頷いた。もっとも弥助を当てにばかりして堂々とした態度を取るのは気が引けた。

そして常《つね》に従っているのなら、自分が何をしてきたかも分かっているのではないかと気になった。

とにかく今日のことで、さらに祐馬の憎悪《ぞうお》も増すだろうが、もしこのまま話が順調に進み、志乃と正式な許婚《いいなずけ》になれれば、もう五百石の祐馬は手を出すことが出来なくなる。

やがて弥助は下がっていった。

伊三郎は夕刻まで離れで、本当に志乃と一緒になれるだろうかとあれこれ思いを巡らせた。

婿に入れば、当然ながら小普請奉行《こぶしんぶぎょう》の職を継ぐことになるだろう。もちろん武芸は苦手だが、学問の方は兄に匹敵するぐらい自信はあるので、お役目についてすぐ覚えて役に立つことが出来るに違いない。

おそらく、今は彼を下級旗本とみて逡巡《しゅんじゅん》しているであろう永江家だが、伊三郎を迎えて本当に良かったと思わせたかった。

そして志乃の婿としても、肌の相性は良いに違いない。むしろ、慎《つつし》みが深すぎて陰戸も舐めさせてくれないような妻より、ずっと良いのである。

やがて母屋《おもや》に呼ばれて夕餉《ゆうげ》を済ませた伊三郎は、再び離れに戻って寝巻に着替えた。

そして早めに床に就《つ》こうと行燈《あんどん》を消そうとしたとき、そっと声がかかった。

「失礼いたします」

すでに寝巻姿の桃香が入ってきた。今日も彼女は泊まりのようで、母屋の面々もみな休んだようだった。

「あの、少しお話が」

「ああ、いいよ、おいで」

伊三郎は呼び、期待に激しく勃起してきた。桃香も悪びれず近づいて座った。

「大奥様から、弥助さんと夫婦にならないかというお話を頂きました」

「ああ、そのことなら聞いたが」

「ええ、まだ先のことで、伊三郎様のお話が済んでからということでした。もちろん弥助さんのことは嫌いじゃないんですが、家では商家に嫁《とつ》がせたいようなんです」

桃香が言う。確かに、良い大店《おおだな》に嫁がせる箔《はく》付けのため旗本屋敷に奉公しているのだから、親の意向としてはそうなのだろう。

「そうか。とにかく保留ということだな」

「はい。それより私は、伊三郎様に最後までして頂きたくて……」

桃香が羞《は》じらいに頬を染めて囁いた。

おそらく佐枝が家事の合間にでも、伊三郎が近々婿養子に入るかも知れないという噂《うわさ》でもして、桃香は気が急《せ》いているのだろう。

元より一緒になれないことは百も承知しているが、それでも桃香は伊三郎に最初の男になってもらいたいようだった。

「それは良いけれど、子でも出来たら困るだろう」

「神様が決めることですので、それはその時のことです」

言うと、桃香は熱っぽい眼差しで答えた。

「どうか、後生《ごしょう》ですから思いを遂《と》げさせて下さい……」

涙ぐむように言うので、もちろん伊三郎も完全にその気になってしまった。

「分かった。じゃ脱いでそこに寝て」

伊三郎は、自分も帯を解いて寝巻を脱ぎながら言った。

桃香も嬉しげに頷くと、手早く寝巻を脱ぎ去り一糸まとわぬ姿になって布団に仰向けになった。

伊三郎はのしかかり、膨らみかけて張りのある乳房に迫った。

何しろ前回は、胸には触れていないのだ。

薄桃色の可憐な乳首にチュッと吸い付き、顔中を弾力ある膨らみに押しつけながら舌で転がすと、

「アア……」

桃香がすぐにも熱く喘ぎ、クネクネと悶えはじめた。

彼は左右の乳首を順々に含んで舐め回し、存分に味わった。

さらに桃香の腋の下にも鼻を埋めると、生ぬるく湿った和毛には何とも甘ったるい汗の匂いが馥郁と籠もっていた。

伊三郎は町娘の体臭を胸いっぱいに吸い込んでから舌を這わせ、生娘の肌を舐め下りていった。

滑らかな肌はムチムチと健康的な張りを持ち、彼は愛らしい臍を舐め、張り詰めた下腹からニョッキリした脚を舐め下りた。

足裏に行って舌を這わせ、指の股に鼻を割り込ませて嗅ぐと、今日も一日中働いていたそこはジットリ湿り、ムレムレの匂いが濃厚に沁み付いていた。

「あう……、そ、そこはお許しを……」

桃香が畏《おそ》れ多さに声を震わせたが、充分に嗅いでから構わず爪先にしゃぶり付き、全ての指の間に舌を挿し入れて味わった。

「ああッ……！」

彼女はじっとしていられずにクネクネと悶え、伊三郎も両足とも味と匂いを貪り尽くし、大股開きにさせて脚の内側を舐め上げていった。

ムッチリした内腿を舐め、やがて股間に迫ると、熱気と湿り気が顔中を包み込んできた。

見るとぷっくりした割れ目からはみ出した花びらが、露《つゆ》を宿してヌメヌメと潤っていた。

伊三郎は若草の丘に鼻を埋め、汗とゆばりの匂いで胸を満たしながら、舌を挿し入れて淡い酸味のヌメリをすすった。そして無垢な膣口の襞を掻き回し、ゆっくりとオサネまで舐め上げていった。

五

「あう……、き、気持ちいい……」

羞じらいを越え、桃香が正直な感想を洩《も》らして熱く息を弾ませた。

伊三郎は美少女の匂いに酔いしれながら、執拗にオサネを刺激しては、新たに溢れてくる蜜汁を舐め取った。

さらに彼女の両脚を浮かせ、白く丸い尻の谷間に鼻を埋め込んだ。

顔中にひんやりした双丘が密着し、蕾に籠もる秘めやかな匂いが悩ましく鼻腔を刺激してきた。

充分に嗅いでから舌を這わせ、襞を濡らしてヌルッと潜り込ませると、

「く……、か、堪忍……」

桃香が朦朧《もうろう》となって呻き、モグモグと肛門で舌先を締め付けてきた。

彼は執拗に舌を蠢かせては、滑らかな粘膜を味わい、ようやく脚を下ろして再び陰戸に舌を這わせていった。

淫水は大洪水になり、オサネもツンと突き立って彼の愛撫に応えた。

下腹がヒクヒクと波打ち、顔を挟む内腿にも強い力が入った。

「お、お願い……、入れてくださいませ……」

桃香が気を遣りそうになって口走り、伊三郎も舌を引っ込めて身を起こした。

「じゃ、先に舐めて濡らして」

彼は言って股間を桃香の方に移動させ、屹立した先端を鼻先に突き付けた。

桃香も顔を上げて舌を伸ばし、粘液の滲《にじ》む鈴口をチロチロとしゃぶり、そのまま張り詰めた亀頭を咥《くわ》えてくれた。

伊三郎が深々と潜り込ませていくと、

「ンン……」

桃香もスッポリと呑み込み、熱い鼻息で恥毛をくすぐりながら小さく呻いた。

笑窪《えくぼ》の浮かぶ頬をすぼめて吸い付き、口の中でクチュクチュと舌が蠢いた。

「ああ、気持ちいい……」

伊三郎も快感に喘ぎ、生温かく濡れた口の中でヒクヒクと幹を跳ね上げた。

桃香も念入りに舌を這わせ、たっぷりと唾液を分泌《ぶんぴつ》させて肉棒全体を濡らしてくれた。

潤いが満ち、快感が高まると伊三郎は一物を引き抜き、再び彼女の股間に戻って股を開かせ、真ん中に腰を進めていった。

本当は茶臼《ちゃうす》（女上位）で自分が下になる方が好きなのだが、桃香はすっかり覚悟を決めて身を投げ出している。

それに志乃のような特別な生娘とは違うので、ここは本手《ほんて》（正常位）が良いだろう。

唾液に濡れた先端を、蜜汁の溢れる割れ目に押し付け、位置を定めて無垢な膣口に押し込んでいった。

張り詰めた亀頭が穴を丸く押し広げて潜り込むと、

「あう……！」

桃香が僅かに眉《まゆ》をひそめて呻き、ビクリと全身を強ばらせた。

「大丈夫かい？　痛くて無理なら止《よ》すから」

「いいえ、どうか最後まで……」

気遣って言うと桃香が必死に答え、彼もそのままヌルヌルッと根元まで挿入してしまった。

さすがに張り型に慣れていた志乃と違って中は狭くてきつく締まり、伊三郎は初めて生娘を相手にした気分になった。

それでもヌメリに助けられて深々と貫き、彼は股間を密着させ、温《ぬく》もりと感触を味わいながら身を重ねていった。

「アア……」

すると桃香も感激に喘ぎ、下から両手を回してしがみついてきた。

動かなくても、息づくような収縮に彼は高まっていった。

胸で張りのある乳房を押しつぶし、肌を密着させると恥毛が擦れ合い、コリコリする恥骨の膨らみも伝わってきた。

伊三郎は、上からピッタリと唇を重ね、舌を挿し入れて滑らかな歯並びと八重《やえ》歯《ば》を舐めた。

すると桃香も歯を開いて受け入れ、ネットリと舌をからみつけてきた。

彼は生温かく滑らかな舌を味わい、徐々に腰を動かしはじめた。

「ンン……」

桃香が呻き、しがみつく両手に力を込めた。

しかし伊三郎も、いったん動いてしまうと、そのあまりの快感に腰が止まらなくなってしまった。

もっとも彼女が商家の男と交接しても、自分ほど念入りに舐めたりしないだろうから、実際はもっと痛かったに違いない。

桃香も、徐々に破瓜《はか》の痛みが麻痺《まひ》し、彼に動きを合わせて無意識に股間を突き上げてくるようになった。

「ああ……、伊三郎様……」

桃香が口を離し、熱く喘いだ。

「大丈夫かな」

「はい、平気です。もっと強くしてくださいませ……」

言うと桃香が答え、伊三郎もいつしか股間をぶつける程に激しい律動を開始してしまった。

何しろ潤いが充分すぎるほどだから動きも滑らかになり、微《かす》かにクチュクチュと湿った摩擦音も聞こえてきた。

伊三郎は高まりながら、桃香の喘ぐ口に鼻を潜り込ませて嗅いだ。

美少女の口の中は、胸の奥が切なくなるほどに甘酸っぱく可愛《かわい》らしい匂いが満ちていた。

同じ甘酸っぱい果実臭でも、志乃の吐息の匂いはお城へ献上するような高価な果物であり、桃香の場合は野山にある果実のようだった。もちろん伊三郎は、どちらも好きである。

鼻の頭に唾液のヌメリを感じながら息を嗅いで動いていると、急激に絶頂が迫ってきた。

「舐めて……」

高まりながら囁くと、桃香も息を弾ませて舌を伸ばして左右に動かし、彼の両の鼻の穴を舐め回してくれた。

「ああ、気持ちいい、いきそう……」

伊三郎は美少女の唾液と吐息の匂いに口走り、激しく腰を突き動かした。

すると、たちまち大きな絶頂の波が襲いかかり、とうとう彼は押し流されてしまった。

「く……！」

突き上がる快感に呻くと同時に、彼は熱い大量の精汁をドクンドクンと勢いよくほとばしらせ、奥深い部分を直撃させた。

「あう……、熱い……、出ているんですね……」

噴出を受けた桃香が言い、まるで志乃のように初回から気を遣ったかと思えるほどキュッキュッと強い収縮が繰り返された。

これも、一種の絶頂なのだろう。

志乃の場合はすでに知っている快楽を確認するような高まりで、桃香は気持ちの上で、最も好きな伊三郎と一つになれた悦びが大きかったのだろう。

伊三郎は収縮と締め付けの中で快感を噛み締め、心置きなく最後の一滴まで出し尽くしてしまった。

「ああ……」

やがて彼は満足げに声を洩らし、腰の動きを止めて桃香にもたれかかった。

彼女も望みを果たし、肌の硬直を解きながらグッタリと四肢《しし》を投げ出して力を抜いた。

まだ膣内は男を確かめるような収縮がキュッキュッと繰り返され、一物がヒクヒクと過敏に上下した。

　そして彼は桃香の湿り気ある甘酸っぱい吐息を胸いっぱいに嗅ぎながら、うっとりと快感の余韻を味わったのだった。

「ああ……、嬉しいです……」

　桃香は涙を滲ませて言い、伊三郎もようやく身を起こして、そろそろと股間を引き離した。

　懐紙を手にして一物を拭い、彼女の股間に顔を寄せると、花びらが痛々しくめくれ、膣口から逆流する精汁に、うっすらと血の糸が走っていた。

　志乃には見られなかった証で、その鮮烈な赤さを瞼《まぶた》に焼き付けてから、彼は懐紙でそっと拭ってやった。

　しかし出血は大したこともなく、すでに止まっているようだ。

「まだ痛いかな？」

「いいえ、大丈夫です。でも、まだ何か中にあるみたいです……」

　訊《き》くと、桃香が自身の感覚を探るように答えた。

「とにかく、母上や義姉上《あねうえ》、あるいは家に帰ったとき親に気取《けど》られないようにしてくれよ」

「はい、承知してます。決して知られませんから」

念を押すと、桃香も素直に答えた。

（いや、弥助は気づいているかも……）

伊三郎は思ったが、今は余計なことは考えず、初物を捧《ささ》げてくれた桃香への感謝の気持ちを大事にしようと思ったのだった。

やがて桃香は身を起こして寝巻を着ると、後悔の様子など微塵《みじん》も無く、願いを叶《かな》えて満足した笑みを浮かべ、離れを出ていったのだった。

第五章　柔肌《やわはだ》に挟まれて昇天

一

「左様《さよう》ですか。永江様との話は進んでいるけれど、どうやら妬《ねた》むものたちが伊三郎に恨《うら》みを……」

佐枝が話を聞き、弥助に言った。

彼は逐一《ちくいち》報告しろと、佐枝に命じられているのである。

「はい、少々無軌道《むきどう》な連中で、格上の志乃様にまで言い寄る始末で」

「なるほど、では正式に婚儀《こんぎ》が決まっても、なお根に持つかも知れませんね」

佐枝が言い、小さく溜息《ためいき》をついた。

「何とか、禍根《かこん》を断つため思案《しあん》いたしましょう。それよりも、少しだけ……」

佐枝が急に熱っぽい眼差《まなざ》しで淫気を高めて言い、立ち上がって手早く床《とこ》を敷き延べてしまった。

昼前、菊代は花を連れて実家へと孫の顔見せに出向き、伊三郎も圭之進とともに学問所《がくもんじょ》で、桃香も今日は休みだった。

もちろん弥助も激しく勃起し、すぐにもその気になった。

というより、他に誰もいない時分に部屋に呼ばれたので予想と期待もしていたのである。

「さあ、早くお脱ぎ」

佐枝は言い、自分も帯を解きはじめた。

弥助は急いで全て脱ぎ去り、熟《う》れた体臭の沁《し》み付いた布団《ふとん》に横たわった。

たちまち彼女も腰巻まで脱いで、一糸《いっし》まとわぬ姿で添い寝してきた。

彼は甘えるように腕枕《うでまくら》してもらうと、

「アア、可愛《かわい》い……」

佐枝も感極《かんきわ》まったように声を震わせ、彼の顔を胸にギュッときつく抱きすくめてくれた。

やはり前回のときから、こうした機会を待ち望んでいたのだろう。そして一度でもしてしまうと、もうためらいも消え失せ、快楽だけを求めて貪欲《どんよく》になっているようだった。

弥助も鼻先にある乳首に吸い付いて舐《な》め回し、顔中を柔らかな膨《ふく》らみに押し付けていった。

「ああ……、いい気持ち。もっと強く……」

仰向《あおむ》けの受け身体勢になった佐枝が熱く喘《あえ》ぎ、早くもうねうねと熟れ肌を悶《もだ》えさせはじめた。生ぬるく甘ったるい汗の匂いも悩ましく漂い、弥助も夢中になって左右の乳首を含んで舌《した》で転がし、たまに軽く歯を立ててコリコリと刺激してやった。

もちろん佐枝の腋《わき》の下にも鼻を埋め、色っぽい腋毛に籠《こ》もった甘ったるい体臭も胸いっぱいに貪《むさぼ》り、やがて滑らかな熟れ肌を舐め下りていった。

腹から太腿《ふともも》、脚を舐め下りても佐枝はじっと身を投げ出していた。

彼は足裏まで行って舌を這《は》わせ、指の股《また》に鼻を押し付けて蒸《む》れた匂いを嗅《か》ぎ、爪先《つまさき》にしゃぶり付いて全ての指の股に舌を割り込ませた。

「アア……、駄目、汚いから……」

佐枝は声を震わせて言ったが、朦朧《もうろう》となって力が入らないようだ。

弥助はもう片方の足指もしゃぶり尽くし、味と匂いを堪能《たんのう》してから股間を全開にさせた。

脚の内側を舐め上げ、ムッチリした白い内腿をたどって陰戸《ほと》に迫ると、すでにそこは大量の蜜汁にまみれて熱気が籠もっていた。

彼は吸い寄せられるように茂みに鼻を擦《こす》りつけ、汗とゆばりの混じった生ぬるい匂いで胸を満たし、舌を這わせていった。

淡《あわ》い酸味のヌメリに合わせて舌を蠢《うごめ》かせ、かつて三人の男子が産まれ出てきた膣口《ちつ》の襞《ひだ》をクチュクチュと探り、ツンと突き立ったオサネまでゆっくり舐め上げると、

「あう、そこ……！」

佐枝が激しく反応し、内腿でギュッときつく彼の両頬《ほお》を挟み付けてきた。

弥助は艶《なま》めかしい匂いを貪りながら執拗《しつよう》にオサネを舐めては吸い、さらに彼女の両脚を浮かせて尻に迫った。

豊かな双丘に顔を密着させ、谷間に閉じられた桃色の蕾《つぼみ》に鼻を埋め込んで嗅ぐと、生々しい微香が籠もって胸に沁み込んできた。

充分に嗅いでから舌を這わせ、細かに震える襞を濡らしてヌルッと潜《もぐ》り込ませ、滑らかな粘膜《ねんまく》を味わうと、

「ああ……、駄目……」

佐枝がうっとりと言い、キュッと肛門で舌先を締め付けてきた。

弥助は舌を出し入れさせるように動かし、ようやく脚を下ろして再び舌を陰戸に戻した。

「も、もう駄目、入れて、早く……！」

オサネを吸うと、すぐにも佐枝が身悶えて激しくせがんできた。

そして弥助が股間から這い出すと、彼女が自分から顔を上げて一物に口を寄せてきたのだ。

腰を突き出すと、佐枝がパクッと亀頭を含んで吸い、モグモグと根元まで呑《の》み込んでネットリと舌をからめてきた。

「ンン……」

佐枝は熱く呻《うめ》いて彼の股間に息を籠もらせ、充分に唾液《だえき》で濡らすとスポンと口を離し、再び仰向けになった。

「お、大奥様が上に……」

「いいの、どうか上になって……」

遠慮がちに言うと、もう佐枝は起きる気力もなくなったように答えて身を投げ出した。

弥助も仕方なく半身を起こして彼女の股を開かせ、股間を進めた。

そして幹《みき》に指を添えて先端を濡れた割れ目に押し付け、やがてゆっくり膣口に挿入していった。

張り詰めた亀頭の雁首《かりくび》が潜り込むと、あとは滑らかにヌルヌルッと吸い込まれ、互いの股間が密着した。

「アアッ……！　いい……！」

佐枝が身を仰《の》け反《ぞ》らせて喘ぎ、三人の子持ちとも思えない収縮でキュッと締め付けてきた。中は熱く濡れ、肉襞の摩擦《まさつ》と吸い付くような感触が何とも心地よかった。

弥助は温《ぬく》もりと締め付けを味わっていると、佐枝が両手を伸ばして抱き寄せたので、彼も恐る恐る身を重ねていった。

胸の下で押し潰《つぶ》れる乳房が柔らかく弾《はず》み、佐枝は彼の背に手を回してズンズンと股間を突き上げてきた。

「お、お前も突いて、強く何度も奥まで……」

熱く甘い息で囁《ささや》かれ、弥助も突き上げに合わせて徐々に腰を突き動かしはじめていった。

すると溢《あふ》れる淫水が律動《りつどう》を滑らかにさせ、クチュクチュと淫《みだ》らに湿った音が響いてきた。

「あう、いきそう……」

佐枝がうっとりと快感を味わいながら言い、彼の顔を引き寄せて唇《くちびる》を重ねさせた。弥助も上からピッタリと口づけすると、すぐにも彼女の舌がヌルッと侵入してきた。

生温かな唾液に濡れ、滑らかに蠢く舌を舐め回していると、彼も急激に高まっていった。

「アア……、すごい……」

佐枝が口を離して顔を仰け反らせると、開いた口から熱く湿り気ある吐息が洩《も》れ、彼の鼻腔《びこう》を甘く刺激してきた。白粉《おしろい》に似た匂いが胸に沁み込むと、弥助はさらに勢いを増し、股間をぶつけるように動いた。

たちまち膣内の収縮が高まり、佐枝は彼を乗せたままガクガクと腰を跳《は》ね上げはじめた。

「い、いく……、アアーッ……!」

彼女が声を上ずらせ、狂おしく身悶えながら気を遣《や》ってしまったようだ。

同時に弥助も心地よい摩擦と吐息の匂いに包まれながら、激しく昇り詰めてしまった。

「く……！」

大きな快感に呻き、熱い精汁をドクンドクンと勢いよく注入すると、

「あう、もっと……！」

噴出を受け止めた佐枝が駄目押しの快感を得て呻き、呑み込むようにキュッキュッと締め付けてきた。

弥助は収縮の中で動き続けて快感を噛《か》み締め、最後の一滴まで出し尽くした。

満足しながら徐々に動きを弱め、遠慮がちに体重を預けていくと、

「アア……、良かった……」

佐枝が目を閉じ、うっとりと言いながら熟れ肌の強《こわ》ばりを解いていった。

まだ膣内は名残惜《なごりお》しげな収縮が繰り返され、彼自身はヒクヒクと過敏に内部で上下した。

そして彼女の喘ぐ口に鼻を押し付け、唾液と吐息の匂いを胸いっぱいに嗅ぎながら、うっとりと快感の余韻《よいん》を味わったのだった。

ようやく佐枝も両手を離し、四肢《しし》を投げ出していった。

いつまでも乗っているわけにいかないので、弥助も呼吸を整えながら、そろそろと身を起こして股間を引き離した。

懐紙《かいし》を手にして先に濡れた陰戸を優しく拭《ふ》き清め、一物も手早く処理をした。

「じゃ、少し休んでから、伊三郎が帰る頃に迎えに行っておあげ」

「承知致しました」

佐枝に答え、弥助は手早く身繕《みづくろ》いした。彼女はしばらく横になって休息するようなので、やがて彼はそっと部屋を出たのだった。

二

「永江家でも、徐々に伊三郎殿に気持ちが歩み寄りはじめているようです」

雪絵が伊三郎に言った。

学問所の帰り、また先日の仕舞《しも》た屋へ寄るように言われて来ていたのである。

また何か理由を付けて小遣いを渡し、家人《かじん》を外へやっているようだった。

そして今日は、雪絵と志乃が一緒にいた。

「左様ですか。では、うちの石高《こくだか》でも見込みはあるのですね」

「だいぶ、旦那様《だんなさま》もその気になってきたようです。何しろ文武《ぶんぶ》に秀《ひい》でたお兄様の評判がよろしく、また、恋煩《わずら》いで伏せる程お嬢様がお思いなさっていることもご配慮くださったようで」

雪絵が言い、隣の志乃は早く話を終えて情交したいようにウズウズしていた。

なるほど、小普請奉行《こぶしんぶぎょう》の永江主膳《しゅぜん》は、家柄の釣り合いよりも志乃の気持ちを第一に考えてくれているようだった。意に染まぬ縁談で、また煩っても困ると思ったのだろう。

それに婿《むこ》養子を迎えるので、誰だろうと奉行の後を継ぐのだから、結果的には同じと思ったのかも知れない。

「近々、お屋敷へお招きになるかと思いますので、それまでお待ちを」

「分かりました」

雪絵に言われ、伊三郎が恭《うやうや》しく答えると話題が変わった。

「先日は、お嬢様もことのほかご満足だったようです」

「はあ……」

「しかしあまりに夢中で、あとになってもつぶさに思い出せず、今一度との思《おぼ》し召《め》しですが、こたびは私も立ち会いとうございます」

「え……」

伊三郎は怪訝《けげん》に思い二人を見たが、雪絵はやや緊張と興奮に頬を強ばらせ、志乃の方は期待と好奇心いっぱいに目を輝かせていた。

「まずは、お脱ぎくださいませ」

言うなり雪絵は、まず志乃の着物を脱がせにかかった。

伊三郎も、戸惑いながら脇差《わきざし》を置き、袴《はかま》と着物を脱ぎはじめた。雪絵の使いが来たので、学問所で井戸端を借りてざっと股間は洗ってきていた。

襦袢《じゅばん》と足袋《たび》、下帯まで脱ぎ去って全裸になると、

「どうぞ、ここへ横に」

雪絵が志乃を脱がせながら言うので、彼も素直に布団に仰向けになった。

待つうちに志乃が一糸まとわぬ姿になり、続いて雪絵も手早く脱いでしまったではないか。

二人分の熱気が、甘ったるい匂いを含んで混じり合い、閉め切られた室内に生ぬるく立ち籠めた。

「さあ、まずはあらためて殿方《とのがた》の仕組みを学びましょう」

雪絵が言い、美女二人は仰向けの彼の左右から挟むように座った。

「女がされて心地よいことは、殿方も同じと存じます。急に股間へは行かず、まずはお乳から、このように」

雪絵が言って屈《かが》み込み、伊三郎の右の乳首にチュッと吸い付くと、続いて志乃も反対側に唇を押し当ててきたではないか。

「アア……」

伊三郎は妖《あや》しい快感に喘ぎ、肌に二人の熱い息と濡れた唇の感触を得て胸を高鳴らせた。

おそらく雪絵は、先日の二人の情交をどこからか覗《のぞ》き、自分も相当に興奮していたのだろう。そして志乃の相談を受けるうち、今度は二人で学びながらしてみようということになったのかも知れない。

あるいは女同士での戯《たわむ》れも、かつて志乃の好奇心から雪絵は応じたことがあるのかも知れないとも思った。

「ど、どうか、噛んで下さいませ……」

伊三郎が興奮に包まれながら思わず言うと、二人も綺麗《きれい》な歯並びでそっと左右の乳首を噛んでくれた。

「あう、もっと強く……」

伊三郎は、甘美な刺激にクネクネと身悶えながらせがんだ。

「そう言われても、本気で嚙んではいけませんよ。自分がされることを思い、程よい力で嚙まないと」

「ええ、私も後で嚙んで欲しいです」

女二人がヒソヒソと話し合い、再び彼の両の乳首を前歯で刺激してくれた。

雪絵も、それほどの知識があるわけではなく、志乃の持っていた春本の受け売りかも知れないが、志乃は何でも雪絵には素直に従っていた。

そして伊三郎も、二人がかりの愛撫《あいぶ》に、何やら一物に触れられる前に果ててしまいそうな高まりを覚えた。

「乳首ばかりでなく、何もない脇腹や腹も案外に感じるものですので」

雪絵が言い、彼の脇腹を舐め、ときに軽く歯を立てると、志乃も反対側を同じようにした。

「ああ……、き、気持ちいい……」

伊三郎は、二人の美女の舌と唇、歯と息の刺激に激しく喘いだ。

二人の愛撫は、左右対称なようでそれぞれ予想もつかない勝手な動きをし、ときに思いがけない快感が走ることもあった。

そして二人は日頃から伊三郎がするように股間を避け、腰から脚を舐め下りていったのである。

「い、いけません。どうか、そのようなことは……」

二人が足首まで行き、足裏に回り込んでそれぞれ舌を這わせてきたので、度肝《どぎも》を抜かれた伊三郎は声を震わせて言った。する分には良いが、自分より遥《はる》か上位の美女たちに足を舐めさせるわけにはいかない。

「良いのですよ。そうしたためらいや済まなさも、女の気持ちを知る役に立ちましょう」

雪絵が言い、二人はまるで打ち合わせていたように、同時に彼の左右の爪先にしゃぶり付いてきたのだ。

「あう……、お、お許しを……」

指の股にヌルッと二人の舌が割り込み、彼は畏《おそ》れ多さに腰をよじって呻いた。

雪絵は元より、志乃も厭《いと》わず全ての指の間を念入りに舐めてくれた。

伊三郎は生温かく清らかなヌカルミでも踏んでいるような心地で、両の足指で美女たちの滑らかな舌を感じた。

やがて二人は全ての指の股を舐め、彼を大股開きにさせた。

それぞれ脚の内側を舐め上げ、ときに内腿を噛み、二人の熱い息が次第に股間で混じり合っていった。

「お嬢様も、ここを舐められて心地よかったでしょう」

雪絵が言い、彼の両脚を浮かせ、先に尻の谷間を舐めてくれた。熱い鼻息がふぐりをくすぐり、ヌルッと中にまで潜り込んできたのだ。

「あう……！」

伊三郎は妖しい快感に呻き、思わずキュッと肛門で美女の舌先を締め付けた。

そして味見した雪絵が舌を引き離すと、すかさず志乃もヌラヌラと舌を這わせ同じように浅く潜り込ませた。

「く……、し、志乃様……」

彼女の上品な舌のヌメリを肛門で感じながら、彼は浮かせた脚をガクガクさせて呻いた。

彼女が中で舌を蠢かすと、まるで内側から刺激されるように屹立《きつりつ》した肉棒がヒクヒクと上下した。

ようやく気が済んだように志乃が舌を引き抜いて脚を下ろすと、二人は頬を寄せ合い、ふぐりを舐め回してくれたのだ。

「ここは急所ですので、優しく……」

雪絵が囁き、二人はチロチロと舌を這わせて二つの睾丸を転がし、混じり合った唾液で生温かく袋全体をまみれさせた。

いよいよ、二人の舌が肉棒の付け根から、裏側と側面を同時に這い上がってきたではないか。

熱い息が混じり合い、二人は先端まで来ると、何でも先に雪絵が行ない、粘液の滲《にじ》んだ鈴口を舐め回し、後から志乃が同じようにした。

「ここは決して歯を当てないように……」

雪絵が囁くと、さらに張り詰めた亀頭を同時にしゃぶり、今度は代わる代わる含んで吸い付き、スポンと離しては交代したのである。

「い、いってしまいます。どうか、もう……」

「構いません。続けて出来るでしょうから」

伊三郎が降参するように言うと雪絵が答え、さらに二人がかりで亀頭をしゃぶっては、交互に呑み込んで唇で摩擦してきた。

「い、いく……、アアッ……！」

とうとう伊三郎は昇り詰め、大きな快感に熱く喘いだ。

同時に、熱い大量の精汁がドクンドクンと勢いよくほとばしり、ちょうど含んでいた志乃の喉《のど》の奥を直撃した。

するとすかさず雪絵が交代して亀頭を咥《くわ》え込み、余りを吸い出してくれたのだった。伊三郎は夢のように大きな快感に身悶えながら、最後の一滴まで吸い取られてしまった。

三

「あうう……、も、もうご勘弁を……」

二人がかりで鈴口から滲む雫《しずく》を舐め取られ、伊三郎は腰をよじって過敏に反応しながら呻いた。

全て舐め取って飲み込んだ志乃と雪絵が、ようやく舌を引っ込めて顔を上げると、一物も満足げに萎《な》えはじめた。

「さあ、また勃《た》つために何をしたらよろしいか言って下さいませ」

雪絵が、休ませるつもりはないように言った。

「お二人の足を顔に……」

伊三郎も息を弾ませながら、遠慮なく求めた。

「こうですか」

雪絵が言って志乃と一緒に、伊三郎の顔の左右に座り、後ろに手を突いて足裏を彼の顔に乗せてくれた。

「ああ……」

伊三郎は快感に喘ぎ、顔中に美女たちの足裏を感じて、余韻に浸《ひた》る暇《ひま》もなく股間を疼《うず》かせた。そしてそれぞれの指の股に鼻を割り込ませ、蒸《む》れた匂いを吸い込み、舌を挿《さ》し入れて汗と脂《あぶら》の湿り気を味わった。

「ああ、くすぐったいわ……」

「でも、本当にすぐ回復してきました」

志乃と雪絵が左右から言い、足を交代して新鮮な味と匂いを与えてくれた。

彼が二人の両足ともしゃぶり尽くすと、さらに要求した。

「どうか、顔に跨《また》がって下さい……」

「そう、では私から」

言うと雪絵が答え、すぐにも身を起こしてためらいなく伊三郎の顔に跨がり、厠《かわや》に入ったようにしゃがみ込んできた。

婚儀が成立すれば、やがて小普請奉行になる男の顔でも、雪絵は遠慮なく座り込み、志乃もそれを認めているようだ。

脚がムッチリと張り詰め、熱気の籠もる股間が鼻先に迫った。

すでに陰唇の内側からはヌラヌラと大量の淫水が溢れ出し、オサネも光沢を放ってツンと突き立っていた。

伊三郎は豊満な腰を抱き寄せ、黒々とした茂みに鼻を擦りつけ、生ぬるい汗とゆばりの匂いを嗅ぎながら舌を挿し入れていった。

淡い酸味のヌメリを掻《か》き回しながら、息づく膣口からオサネまで舐め上げていくと、

「アアッ……！」

雪絵がビクリと硬直して喘ぎ、さらにトロトロと淫水を漏《も》らしてきた。

「雪絵、気持ちいいのね」

「ええ、とても……」

志乃が囁くと雪絵が息を弾ませて答え、さらに割れ目を押し付けてきた。

彼は味と匂いを堪能してから、白く豊かな尻の真下にも潜り込み、顔中に双丘を受けながら蕾に鼻を埋め込んだ。

生々しい匂いが鼻腔を刺激し、伊三郎は胸を満たしてから舌を這わせて襞を濡らし、ヌルッと潜り込ませて粘膜を探った。

「あう……、いい……」

雪絵も正直に口走り、モグモグと肛門で舌先を締め付けた。

やがて彼が雪絵の前も後ろも味わい尽くすと、彼女は名残惜しげに股間を引き離した。

「さあ、どうかお嬢様も……」

言って場所を空けると、志乃もすぐに跨がり、彼の顔にしゃがみ込んできた。

初々《ういうい》しい陰戸が鼻先に迫り、微妙に異なる肌の温もりが顔中を包み込んだ。

志乃の割れ目も充分すぎるほど蜜汁に濡れ、恥毛に鼻を埋めて嗅ぐと、生ぬるい汗とゆばりの匂いが馥郁《ふくいく》と鼻腔を満たしてきた。

やはり、似ているようで雪絵とは匂いが違い、どちらも伊三郎の胸を妖しく掻き回した。

彼は充分に嗅ぎながら舌を挿し入れ、淡い酸味のヌメリを掻き回して、同じように膣口からオサネまで舐め上げていった。

「アアッ……、いい気持ち……」

志乃が熱く喘ぎ、ヒクヒクと白い下腹を波打たせた。

伊三郎は味と匂いを貪り、やはり尻の真下に潜り込んで、ひんやりした双丘を顔中に受けながら谷間の蕾に鼻を埋めた。

秘めやかな匂いを嗅いで鼻腔を刺激されながら、舌を這わせて襞を味わい、ヌルッと潜り込ませると、

「あう……」

志乃が呻き、キュッと肛門で舌先を締め付けてきた。

やがて二人分の前と後ろの味と匂いを堪能《たんのう》すると、彼自身は完全に元の硬さと大きさを取り戻していた。

「もう大丈夫でしょう」

「じゃ、先に雪絵が入れて」

志乃が言って股間を引き離した。

すると雪絵がすっかり回復した一物に跨がり、先端を濡れた陰戸に納めて座り込んだ。

「アアッ……、いい……！」

ヌルヌルッと根元まで受け入れると、雪絵が顔を仰け反らせて熱く喘いだ。

伊三郎も心地よい肉襞の摩擦と温もりを感じて、根元まで入った一物をヒクヒクと震わせた。

雪絵は上体を反らせ、彼の胸に両手を突っ張りながら、密着した股間をグリグリと擦りつけた。

「す、すぐいきそう……」

彼女も、志乃の前だから快感と興奮が急激に高まったように口走った。それに志乃の相手と交《まじ》わる後ろめたさも高まりに拍車を掛け、早く済ませて場所を空けようという気もあるのだろう。

雪絵は腰を上下させて強烈な摩擦を繰り返し、膣内の収縮を高めていった。

伊三郎も快感に身悶えたが、ついさっき二人の口に出したばかりだから、少々動かれても暴発の心配はなさそうだ。

「い、いっちゃう……、アアッ……!」

たちまち雪絵は、粗相《そそう》したように大量の淫水を漏らしながら喘ぎ、ガクガクと狂おしく痙攣《けいれん》して気を遣ってしまった。

膣内の収縮にも伊三郎は何とか耐えきり、やがて雪絵がグッタリともたれかかってきた。

それでも息を弾ませながら、懸命に股間を浮かして離れ、ゴロリと横になって志乃に交代した。

志乃もすぐに跨がり、雪絵の淫水にまみれて湯気さえ立てる先端を膣口に受け入れて座り込んだ。再び、ヌルヌルッと滑らかに一物が嵌《は》まり込み、彼は微妙に異なる感触と温もりに包まれた。

「ああ……、いい気持ち……」

志乃も顔を仰け反らせて喘いだが、すぐにも身を重ねてきた。

伊三郎も抱き留めながら、キュッキュッときつい締め付けに高まり、顔を上げて左右の乳首を含んで舐め回した。

腋《わき》の下にも鼻を埋めると、生ぬるく湿った和毛《にこげ》に籠もる甘ったるい汗の匂いが悩ましく鼻腔を満たしてきた。

さらに彼は、添い寝している雪絵の身体も抱き寄せ、柔らかな膨らみに顔を埋めて両の乳首を味わい、腋にも鼻を埋めて濃厚な体臭を嗅ぐという、贅沢《ぜいたく》な快楽を得た。

するとと雪絵も余韻の中で、横からピッタリと熟れ肌を密着させてきた。

「アア……、私もすぐいきそう……」

志乃が腰を遣いはじめ、しゃくり上げるように股間を擦った。柔らかな恥毛が混じり合い、コリコリする恥骨の膨らみも感じられた。

やがて伊三郎は、二人分の乳首と腋を愛撫してから、志乃の顔を引き寄せて唇を重ねた。

「ンン……」

志乃も熱い息を籠もらせ、舌を挿し入れてネットリとからみつけてきた。

伊三郎は滑らかな舌の感触と清らかな唾液を味わい、さらに雪絵の顔も引き寄せた。

すると雪絵も、また興奮を甦《よみがえ》らせたように一緒になって唇を重ね、舌を挿し入れてきたのである。

女同士も嫌がっていないので、また彼は贅沢にも二人同時にそれぞれの舌を舐め回し、混じり合った唾液と吐息を貪《お》った。

二人の熱い息で、顔中が湿り気を帯びるようだった。

「アア……、いいわ……」

志乃が口を離して喘ぎ、伊三郎はその口に鼻を押し込んで悩ましく甘酸っぱい匂いを胸いっぱいに吸い込んだ。

雪絵の口にも鼻を押し付けて花粉臭の甘い刺激を嗅ぎ、志乃の内部でジワジワと絶頂を迫らせていった。

「唾《つば》を……」

高まりに乗じてせがむと、志乃も雪絵も懸命に唾液を分泌《ぶんぴつ》させ、白っぽく小泡の多い粘液をトロトロと吐き出してくれた。それを口に受け、彼は混じり合った唾液をうっとりと味わいながら喉を潤した。

「顔中にも……」

さらに言うと、二人も厭わず唾液を垂らし、ヌラヌラと舌で顔中に塗り付けてくれた。二人分のヌメリと息の匂いに、とうとう伊三郎は股間を突き上げながら大きな快感に包まれて昇り詰めてしまった。

「く……！」

呻きながら熱い精汁を勢いよく志乃の内部にほとばしらせると、

「い、いく……、アアーッ……！」

噴出を受けた彼女も声を上ずらせて、ガクガクと狂おしい絶頂の痙攣を開始した。伊三郎は心置きなく大きな快感を嚙み締め、最後の一滴まで出し尽くしていった。

すっかり満足して突き上げを弱めると、志乃も力を抜いてグッタリと彼に体重を預けてきた。

まだ収縮する膣内でヒクヒクと幹を震わせ、伊三郎は二人分のかぐわしい息を嗅ぎながら、うっとりと余韻に浸り込んでいった。

四

「どうか、ここに立ってゆばりを出して下さい……」

湯殿《ゆどの》で、身体を洗い流してから伊三郎は簀《す》の子に座って二人に言った。

志乃と雪絵も素直に立ち上がり、彼の左右に跨がり、顔に股間を突き出してくれた。

左右の割れ目に顔を埋めると、もう濃厚だった匂いは薄れていたが、舐めると二人とも新たな淫水を漏らしてきた。

「ああ、出そう……」

彼の頭の上で女同士で手を握って身体を支え合っていたが、先に志乃が口走り伊三郎もそちらの割れ目に舌を挿し入れた。

柔肉が迫《せ》り出すように盛り上がり、味わいと温もりが変わったかと思うと、すぐにもチョロチョロと熱い流れがほとばしってきた。

彼は口に受けて味わい、悩ましい匂いを感じながら喉に流し込んだ。

「あう、出ます……」

続いて雪絵も息を詰めて言い、ポタポタと彼の肌に雫を滴《したた》らせ、間《ま》もなく一条の流れを注いできた。

伊三郎はそちらの割れ目にも口を付けて流れを受け、夢中で飲み込んだ。

どちらも味と匂いは淡く控えめで、ぬるい桜湯のような感じだった。

その間も、もう一人の流れが注がれ、肌を温かく伝い流れると、浸された一物がまたもやムクムクと鎌首をもたげていった。

「アア、殿方に浴びせるなど……」

雪絵がガクガクと膝《ひざ》を震わせ、放尿を続けながら言った。

伊三郎は顔を向けて交互に味わい、混じり合った匂いで完全に勃起した。

やがて二人それぞれに勢いが衰え、間もなく流れが治まってしまった。

彼は二人の割れ目を舐めて余りの雫をすすり、残り香に酔いしれた。

「ああ……、もう駄目……」

雪絵の方が降参して股間を離し、クタクタと座り込んだ。

志乃も溜息をついて身を離し、彼はまた三人で湯を浴びて全身を洗い流した。

身体を拭くと、また全裸のまま部屋に戻った。

「また勃っているのですね。私はもう充分なので、お嬢様がもう一度」

雪絵が一物を見て言い、志乃もする気になったようだ。

やがて二人が顔を寄せ、一緒になって亀頭を舐め回し、たっぷりと唾液に濡らしてくれた。

志乃は、すでに充分すぎるほど淫水が溢れているようだ。

「では、私に寄りかかってして下さいませ」

と、雪絵が言って布団を積み上げ、そこに寄りかかって股を開いた。

伊三郎は、そこに座って彼女に寄りかかり、さらに志乃が彼の股間に跨がって交接した。

ヌルヌルッと根元まで嵌まり込むと、伊三郎は締め付けられながら快感に喘ぎ、背後にいる雪絵に寄りかかった。

「アア……、いい気持ち……」

志乃が喘ぎ、正面から彼にのしかかって来た。

伊三郎の背中には雪絵の柔らかな乳房が密着して弾み、腰には彼女の恥毛も感じられた。

そして志乃も密着してきたので、彼は前後から美女たちの柔肌《やわはだ》に挟まれた形になった。仰向けではなく布団に斜めに寄りかかっているので、雪絵もそう重くはないだろう。

正面からは志乃の甘酸っぱい息が吐きかけられ、肩越しからは雪絵の花粉臭の甘い吐息も漂ってきた。

そして何より、前後から密着する肌の温もりが実に贅沢だった。

すぐにも志乃が腰を上下させはじめ、伊三郎も股間を突き上げて動きを一致させた。

生温かな肉襞の摩擦が滑らかに幹を刺激し、クチュクチュと湿った音が聞こえてきた。

「ああ、いきそう……」

志乃が喘ぎ、腰の動きを速めて収縮を活発にさせた。

伊三郎も彼女を抱きながら唇を重ね、滑らかな舌を舐め回して唾液をすすり、果実臭の息に酔いしれて高まった。

背後の雪絵も、両手を回して二人を抱えながら、まるで密着した肌から快感が伝わるように熱く甘い息を弾ませていた。

「い、いく……、伊三郎様、気持ちいいわ……、ああーッ……！」

たちまち志乃が声を上ずらせ、二度目の絶頂を迎えてガクガクと狂おしい痙攣を開始した。

「く……！」

続いて伊三郎も昇り詰め、大きな快感に貫《つらぬ》かれながら呻き、ありったけの熱い精汁をドクドクと勢いよく中にほとばしらせてしまった。

「アア……」

すっかり気が済んだように志乃が声を洩《も》らし、強ばりを解いてグッタリと彼にもたれかかってきた。

彼も最後の一滴まで出し尽くして満足すると、彼女を抱き留めながら背後の雪絵に寄りかかった。そして収縮する膣内でヒクヒクと過敏に幹を震わせ、前後から挟む肌の温もりと、二人分の吐息を嗅ぎながらうっとりと快感の余韻を味わったのだった。

「も、もう、伊三郎様でなければ嫌。雪絵……」

「分かっております。あとはお任せを」

志乃の言葉に雪絵も答えた。伊三郎は柔肌の感触に包まれ、いつまでも荒い呼吸と動悸《どうき》を繰り返したのだった……。

五

「大奥様から伺《うかが》いました。伊三郎様も、どうやら婚儀の話が進んでいるようで、私も大店《おおだな》へ嫁《とつ》ぐよりは、いつまでもこのお屋敷にいたいので……」

夜半、桃香が物置小屋に来て弥助に言った。

「では私を選んでくれますか」

弥助も、股間を熱くさせて答えた。

もちろん桃香の初物は伊三郎に捧《ささ》げられてしまったことは知っているが、特に彼に抵抗はない。

桃香の方も、伊三郎と初の体験をし、すっかり気が済んで心根も切り替わったのだろう。弥助も、この屋敷で可憐《かれん》な桃香と所帯が持てるなら願ってもないことであった。

「ええ、弥助さんが私を嫌でないのならば……」

モジモジと言って俯《うつむ》くのは、羞《は》じらいばかりでなく、すでに伊三郎と情交してしまった後ろめたさなのだろう。

もちろん桃香が口に出さない限り、彼の方から追及するようなことはしない。

「では、私から大奥様に申し上げるけれど、まだ内々の約束だけにしておこう。全ては、伊三郎様の方が本決まりになってから」

「ええ、分かりました。私も親を説得しますので」

桃香は答え、去ろうかどうしようか迷っていた。

「来て」

弥助は言って彼女の手を握り、布団の方へ引き寄せた。

桃香もビクリと緊張したが、すぐ素直に従ってきた。

「いい？　脱いで、全部」

「ええ……」

言うと桃香が帯を解きはじめたので、弥助も安心して全て脱ぎ去り、先に仰向けになってしまった。

彼女も黙々と脱ぎ去ってゆき、甘ったるい匂いを揺らめかせた。

「ね、してほしいことがあるんだけど」

「ええ、何でも言って下さい」

弥助が言うと、やがて一糸まとわぬ姿になった桃香が胸を押さえて答えた。

「じゃ、ここに座ってね」

彼は言い、仰向けの自分の下腹を指した。もちろん一物はピンピンに屹立している。

「跨ぐんですか……」

桃香は言い、それでも恐る恐る近づいて彼の腹に跨がり、そろそろと腰を下ろしてきた。下腹に陰戸が密着すると、弥助は快感に幹を震わせ、亀頭でトントンと軽く彼女の腰を叩いた。

「足を伸ばして」

立てた両膝に桃香を寄りかからせて言い、足首を摑《つか》んで引っ張ると、

「あん……」

彼女は小さく声を洩らしながらも、とうとう両脚を伸ばして足裏を弥助の顔に乗せ、全体重を預けてしまった。

彼は美少女の足裏を顔に受け止め、悦《よろこ》びに陶然《とうぜん》となった。

下腹に密着した陰戸の蠢《うごめ》きと潤いが伝わり、指の間の蒸れた匂いが悩ましく鼻腔を刺激してきた。

弥助は足裏に舌を這わせ、充分に美少女の足の匂いを嗅いでから爪先をしゃぶり、両足とも全ての指の股を舐めてしまった。

「アア……、き、汚いですから……」

桃香は喘ぎながら、クネクネと腰を動かしたが、伊三郎にも舐められているので、これが普通の行為と思いはじめているかも知れない。

座った彼女がもがくたび、擦りつけられる陰戸の潤いが増し、彼女もかなり量の多い体質のようだった。

やがて両足とも、味と匂いが薄れるほど味わい尽くすと、彼は足裏を顔の左右に置き、桃香の手を握って引っ張った。

「さあ、前へ来て顔にしゃがんで」

「ああ……、恥ずかしいわ……」

言いながらも、引っ張られるまま前進し、とうとう桃香は彼の顔に跨がり、しゃがみ込んでしまった。ぷっくりと丸みを帯びた割れ目が鼻先に迫り、熱気と湿り気が彼の顔中を包み込んだ。

弥助は、ムッチリと量感を増して張り詰めた内腿に挟まれながら、腰を抱き寄せて割れ目を見上げた。

指で広げると、生娘でなくなったばかりの膣口が、花弁のような襞を入り組ませて息づき、全体はヌメヌメと大量の蜜汁に潤っていた。

さらに引き寄せ、若草の丘に鼻を埋めて嗅ぐと甘ったるい汗の匂いに、ほんのり刺激的なゆばりの匂いが混じって鼻腔を搔き回してきた。

胸いっぱいに吸い込みながら舌を這わせ、中に挿し入れると淡い酸味のヌメリが迎え、彼は膣口の襞からオサネまで舐め上げていった。

「アアッ……！」

桃香が熱く喘ぎ、座り込まないよう懸命に彼の顔の左右で両足を踏ん張った。

やはり割れ目の見た目が初々しいだけで、味わいや反応は、佐枝や菊代とそれほど変わりないようだ。

とにかく弥助は、舐めるたびに量を増すヌメリをすすり、チロチロとオサネを舐め回した。

桃香も白い下腹をヒクヒクと波打たせて息を弾ませ、激しく高まっていく様子が伝わってきた。

さらに弥助は美少女の尻の真下に潜り込み、顔中に張りのある双丘を受け止めながら、谷間でキュッと引き締まった蕾に鼻を埋めて嗅いだ。

秘めやかな微香が籠もって胸に沁み込み、彼は充分に鼻腔を満たしてから舌を這わせ、ヌルッと潜り込ませて粘膜を味わった。

「あう……！」

桃香が呻き、肛門でキュッと舌先を締め付けてきた。

弥助は舌を蠢かせ、再び陰戸に戻ってヌメリをすすり、オサネに吸い付いた。

「も、もう駄目……、変になりそうです……」

桃香が降参するように言うので、ようやく弥助も舌を引っ込めた。

「じゃ、私にもして……」

彼が言うと、桃香は素直に移動してゆき、大股開きになった真ん中に腹這い、可憐な顔を迫らせてきた。

「ここ舐めて」

ふぐりを指《さ》して言うと、桃香も厭わずヌラヌラと舌を這わせ、二つの睾丸を転がし、袋全体を生温かく清らかな唾液にまみれさせてくれた。

「ああ、気持ちいい……」

股間に熱い息を受けて喘ぎ、誘うように幹を上下させると、桃香も肉棒の裏側をゆっくり舐め上げてきた。

滑らかな舌が先端まで来ると、彼女は幹に指を添えて支え、粘液の滲む鈴口を舐め回し、そのまま丸く開いた口でスッポリと呑み込んでいった。

薄寒い小屋の中、快感の中心部だけが温かく快適な口腔に根元まで深々と包み込まれた。

「ンン……」

桃香は熱く鼻を鳴らし、息で恥毛をくすぐりながら、幹を丸く締め付けて吸った。口の中ではクチュクチュと舌がからみつき、たちまち肉棒全体は生温かく清らかな唾液にまみれた。

「ああ……」

弥助は快感に喘ぎ、ズンズンと股間を突き上げた。すると桃香も合わせて顔を上下させ、濡れた口でスポスポと強烈な摩擦を繰り返してくれた。

「じゃ、上から跨いで入れてくれる?」

「はい……」

言うと桃香もチュパッと口を離し、顔を上げて前進してきた。

そして彼の股間に跨がり、自《みずか》らの唾液に濡れた先端に陰戸を押し付け、位置を定めると息を詰め、ゆっくり腰を沈めて受け入れていった。

屹立した一物は、ヌルヌルッと肉襞の摩擦を受けながら滑らかに根元まで呑み込まれ、彼女も完全に座り込んで股間を密着させた。

「アア……」

桃香は顔を仰け反らせて喘ぎ、伊三郎とは違う一物をキュッと締め付けた。

弥助も快感に包まれながら両手を伸ばして彼女を抱き寄せ、顔を上げて桃色の乳首に吸い付いた。

コリコリと硬くなった乳首を舌で転がし、顔中で柔らかく張りのある膨《ふく》らみを味わった。もう片方も含んで舐め回し、さらに彼女の腋の下にも鼻を埋め込んで嗅いだ。

和毛は生ぬるく湿り、腋は甘ったるい汗の匂いが満ちていた。

弥助は美少女の体臭で胸を満たし、膣内の一物をヒクヒクと震わせた。

そして両手を回して抱き留め、僅《わず》かに両膝を立てて尻を支えながら、小刻みにズンズンと股間を突き上げはじめた。

「ああッ……」

「痛いかな？」

「へ、平気です……」

桃香が喘ぐので気遣って訊《き》くと、彼女が健気《けなげ》に答えた。実際、もう初回のような痛みもなく、淫水の量が彼女の快感を物語っているようだ。

しかし締め付けは、さすがに佐枝や菊代よりきつく、温もりも熱いほどで何とも心地よかった。

弥助は彼女の顔を引き寄せ、唇を重ねた。

ぷっくりした弾力ある美少女の唇が密着し、唾液の湿り気が伝わった。

舌を挿し入れて滑らかな歯並びを左右にたどると、すぐに桃香も歯を開いて受け入れてくれた。

滑らかな舌を探ると、生温かく清らかな唾液のヌメリが実に美味《おい》しかった。

「もっと唾を出して……」

囁くと桃香も懸命に分泌させ、口移しにトロトロと注いでくれた。

弥助は美少女の小泡の多い唾液を味わい、うっとりと飲み込んで酔いしれた。

そして快感に任せて突き上げを強めていくと、

「アア……」

桃香が口を離して喘いだ。口から吐き出される息は、鼻から漏れるより甘酸っぱい匂いが濃く、芳香が悩ましく鼻腔を刺激してきた。

弥助は美少女の吐息を貪りながら、肉襞の摩擦の中で高まっていった。

「い、いく……！」

たちまち彼は昇り詰め、大きな快感に口走った。同時に、熱い大量の精汁がドクンドクンと勢いよく内部にほとばしった。

「あ、熱いわ……、いい気持ち……、ああーッ……！」

すると、噴出を感じた桃香が声を上ずらせ、ガクガクと狂おしい痙攣を開始したのだ。どうやら二度目で気を遣ってしまったようだが、彼女は初めての大きな快感に戸惑うように身を震わせていた。

弥助は、収縮する内部で心ゆくまで快感を嚙み締め、最後の一滴まで出し尽くしていった。

すっかり満足しながら突き上げを弱め、力を抜いていくと、

「ああ……」

桃香も声を洩らし、肌の硬直を解きながらグッタリともたれかかってきた。

彼は、まだ戦《おのの》くような収縮を続ける膣内で、ヒクヒクと過敏に幹を震わせた。

そして湿り気ある甘酸っぱい息を間近に嗅ぎながら、うっとりと快感の余韻を味わったのだった。

(とうとう、伊三郎様と同じ女と交わってしまったか……)

弥助はそう思ったが、別に奪った気はせず、むしろ正式な妻になるかも知れない桃香への愛しさが湧いてきたのだった。

第六章　果てなき快楽の日々

一

「どうにも腹の虫が治まらんのだ。いいか、今日は真剣での果たし合いだ！」

祐馬が仁王立《におうだ》ちになって伊三郎に言った。

今日は永江主膳が、伊三郎の家へ結納《ゆいのう》に来るというので、彼は途中まで迎えに出たところ、祐馬たち三人が強引に境内《けいだい》へ連れ込んだのである。

すでに、伊三郎と志乃の縁談が内々で進んでいるという噂《うわさ》を聞きつけ、祐馬は嫉妬《しっと》と憎悪《ぞうお》に我を忘れているようだった。

しかし腰巾着《こしぎんちゃく》の山尾と塚田は、すでに伊三郎を薄気味悪く思っているようで、今日も仕方なく祐馬に従っているという感じである。

「果たし合いなど迷惑です。今日は大事な用がありますので」

伊三郎は、今日も弥助がいると思い、以前より落ち着いて答えていた。

「大事な用とは何だ。志乃を抱きに行くのか」

祐馬が、妬心《としん》に顔を歪《ゆが》めて言った。

「何と下劣《げれつ》な」

「何だと。貴様、格下の分際《ぶんざい》で偉《えら》そうな口をきくな。それともすでに二千石の婿《むこ》になったつもりか」

祐馬が顔を真《ま》っ赤《か》にして言う。どうやら少しだけ景気づけに酒を飲んできたらしく、勢いに任せてスラリと抜刀した。

もちろん伊三郎は抜く気はなく、鯉口《こいぐち》も切らず両手を下げたままだった。

「おのれ……！」

その無防備な構えに、さらに激昂《げっこう》した祐馬が斬《き》りかかろうとしてきた。

しかし、その時である。

「待て、田所！」

そこへ声がかかり、立派な武士二人が裃《かみしも》姿で境内に入ってきた。いつの間《ま》にか外には乗物が二挺《ちょうと》停まっている。

「うちの婿殿に白刃を向けるとはどういうことだ。こちらは誰か分かるな？」

何と、入ってきたのは志乃の父親、小普請奉行《こぶしんぶぎょう》の永江主膳であった。

「さ、榊《さかき》様……」

祐馬は、もう一人の初老の武士を見て目を丸くして絶句した。

「そうだ、新番頭《しんばんがしら》の榊嘉右衛門《かえもん》様である。こたびの婚儀《こんぎ》で媒酌人《ばいしやくにん》をお願いした」

主膳が言うと、伊三郎も緊張に身を硬くした。

若年寄《わかどしより》に次ぐ小普請奉行だけでも遥《はる》か上位なのに、さらに三千石の新番頭となると伊三郎は名も知らない。ただ祐馬の父親が五百石の新番組頭なので、その上司ということになる。

乗物の周囲にいる陸尺《ろくしやく》たちの中に混じり、弥助も膝《ひざ》を突いているので、どうやら彼が主膳に報《しら》せたようだった。

「田所。永江殿の娘に懸想《けそう》し、さらに吉村殿に斬りかかるとなれば、只《ただ》ではおかぬぞ」

嘉右衛門が重々《おもおも》しく言うと、祐馬は堪《たま》らずに抜き身を落として膝を突いた。

山尾と塚田も、あまりに大物の出現に、祐馬に従ったことを後悔し、同じように平伏していた。

「お前の父親にも報告せねばなるまい」

「ど、どうかお許しを……」

嘉右衛門の言葉に祐馬は、俯《うつむ》いたまま泣きそうになってか細く答えた。

すると嘉右衛門は、他の二人にも目を向けた。

「おぬしら、そろそろ腰巾着も止《や》める頃合いだろう」

「は……」

山尾と塚田も恐縮して震えていた。

「暇《ひま》を持て余す旗本《はたもと》の子弟には、近々沙汰《さた》がある。玉川《たまがわ》の堤防工事に加わってもらう。以後は昼酒など飲む余裕はなくなるだろう。早々に立ち帰り、謹慎しつつ沙汰を待て」

「は、ではこれにて……」

居たたまれない思いの二人が言って立ち上がると、ようやく祐馬も震える手で納刀し、這々《ほうほう》の体《てい》で境内を去って行った。

「さて、では吉村家へ向かうとしようか」

嘉右衛門が言って、主膳とともに乗物へ戻った。

「では、ご案内つかまつります」

伊三郎も言い、一行の先頭に立って歩きはじめた。彼の後ろから、弥助も従ってきた。

「お前が報せてくれたのだな」

「はい、ちょうど永江様がお屋敷を出て、榊様の乗物と行き合ったので、そこへご注進《ちゆうしん》に」

「そうか。良く物怖《ものお》じせず話しかけられたものだ」

「私の殿様は吉村家の方々だけですので」

「ああ、良くやってくれた。礼を言うぞ」

「とんでもございません。石飛礫《つぶて》より、この方が良いかと」

伊三郎が言うと、弥助も笑顔で答えた。

確かに、単に負かすばかりでは祐馬の怨恨《えんこん》も増すに違いない。祐馬が頭の上がらない遥か上司を使うという、こうした荒療治《あらりようじ》の方が効果的で、もう以後二度と伊三郎に構ってくることはないだろう。

やがて吉村家に着くと、伊三郎はいち早く母屋《おもや》に報せ、一行を迎える準備を整えた。

元より結納に来るのだから仕度《したく》はしていたが、まさか媒酌人の嘉右衛門まで来るとは思っていないので、一同は大童《おおわらわ》で酒肴《しゆこう》を取り揃《そろ》えた。

もちろん今日は、圭之進も学問所《がくもんじよ》を休んで在宅し、裃姿になっている。

伊三郎も離れへ入って急いで身支度を調《ととの》えると、やがて二挺の乗物が来たので家族と共に二人を迎えた。

招き入れ、座敷の上座に主膳と嘉右衛門を座らせ、当主の圭之進が恭《うやうや》しく挨《あい》拶《さつ》をした。

「吉村伊三郎の兄、圭之進です。本日はお二方わざわざお運びの段、恐悦至極《きようえつしごく》に存じます」

「おお、そちが学問所勤番組頭《きんばんくみがしら》の吉村圭之進殿か。優秀だということは林大学頭《はやしだいがくのかみ》から聞いておる」

主膳が答え、嘉右衛門も聞いているように頷いていた。

「本日は堅苦しい挨拶は抜きにし、顔見せということでどうかお楽に」

主膳は笑みを含んで言い、気さくそうな人柄に一同もややほっとした。確かに弥助のような小者の言い分を聞いてくれ、すぐさま境内に駆《か》けつけてくれたのだから情にも篤《あつ》い人物なのだろう。

「何しろうちの志乃が、伏せるほど伊三郎殿に思いを寄せ、当初は戸惑ったのだが、何よりも二人の気持ちが第一と思い直した次第」

「恐れ入ります……」

圭之進が言い、伊三郎も一緒に頭を下げた。

「それで、まずは約束は固めるとして、一つ伊三郎殿にお願いがあり申す」

主膳の言葉に、伊三郎は顔を上げた。

「はい、何でございましょう」

「小普請奉行職を継ぐに当たり、半年間、普請奉行の下で学んでもらえまいか。人手が足りず、玉川堤防の采配《さいはい》なども頼みたいとのこと」

主膳が言う。普請奉行は老中《ろうじゅう》支配の役職で、禄高《ろくだか》は小普請奉行と同格の二千石で、玉川上水や江戸市内の土木全般を掌《つかさど》っている。

どうやら采配ということなら、祐馬たちの上に立つことになるだろう。

だから身分は主膳と同じ、二千石扱いになるようだった。

それを主膳は、命令とか条件とか言わず、お願いと言ったところに人柄が見えていた。

もちろん学んだことは小普請奉行になってからも、大いに役立つだろうし、一つには学問は優秀だが、実際に伊三郎がどれほど役に立つか見ておき、また鍛《きた》えたいというのが本音ではないか。

むろん伊三郎に否《いな》やはない。

「はい、喜んでお引き受け致します」

「ああ、祝言《しゅうげん》は半年後となるが、それでも良いか。志乃には言い含めてある。当面は仮の住まいになるが、家来《けらい》を連れて来て良い」

「承知致しました。では、先ほどの弥助を供に」

伊三郎が答えると、それで大事な話は終えたように、主膳も肩の力を抜いた。

「ああ、これで安堵《あんど》いたした。今まで何かと世話になっていた、普請奉行にも顔が立つ。半年辛抱《しんぼう》してくれ」

「は……」

彼が頷《うなず》き、家族たちも承知した。むしろ無条件に婿に入るより、早速役に立つ仕事を与えられて、誰もが納得しているようだった。

それで酒宴になり、主膳と嘉右衛門は上機嫌で盃《さかずき》を傾《かたむ》け、圭之進も縁側から弥助を呼んで一杯注《つ》いでやった。

やがて日が傾く頃にお開きとなり、伊三郎は後日永江家に出向き、あらためて志乃の母親などにも会うよう約し、二人は帰っていった。

「弥助、家のことはもう良いから、あとは伊三郎について助けてやってくれよ」

圭之進が言い、弥助も恐縮しながら酒を飲んでいた。

やがて余り物で夕餉《ゆうげ》を済ませると、女たちは後片付けに入り、伊三郎は離れへ戻って裃を脱ぎ、ようやくほっと力を抜いたのだった。

さすがに身体は疲れているが、頭の方は冴《さ》え渡り、すぐには寝つけそうになかった。

(堤防工事か……)

新たな世界に思いを馳《は》せ、彼は役職のある歓《よろこ》びを噛《か》み締めたのだった。

二

「伊三郎さん、まだ起きていますか……」

声がかかり、寝ようとしていた伊三郎は行燈《あんどん》を消すのを止めて答えた。

「はい、どうぞ、義姉上《あねうえ》」

言うと襖《ふすま》が開き、寝巻姿の菊代が入って来た。

「ようやく花は、お義母《かあ》様と一緒に眠りました」

「そうですか、兄上は」

「旦那《だんな》様はお酒が弱いので、もう朝まで起きませんでしょう」

菊代は熱っぽい眼差《まなざ》しで言い、伊三郎も何やら淫《みだ》らな期待に胸が高鳴り、股間が疼《うず》いてきた。

何しろ今まで、手すさびといえば最も身近な桃香と、いけないと思いつつ、この美《うつく》しい兄嫁《よめ》ばかりを妄想してきたのである。

「あらためて、おめでとう存じます。二千石へ婿入りなど見直しました」

「いえ、半年の首尾如何《しゅびいかん》では、あるいは破談になるかも知れませんので」

「きっと、見事にお務めになると思いますわ。それより、お奉行のお嬢様はどのような方でしょう。もし粗相《そそう》があってはいけませんし、伊三郎さんはまだ無垢《むく》でしょう」

菊代がにじり寄って言い、ほのかに甘い匂いが感じられた。

「あ、義姉上が教えて下さるのですか……」

「ええ、他に教えてくれる方など居りませんでしょう。女がどのようなものか、よく知っておかないと婿の立場が危うくなります」

「お、お願い致します……」

伊三郎は激しく勃起しながら答えた。

「でも決して誰にも内緒ですよ。では全てお脱ぎなさい」

菊代が言い、自分から帯を解いて寝巻を脱ぎはじめていった。

伊三郎も、夢のような感激と興奮に胸を震わせ、手早く寝巻を脱いで全裸になり、布団《ふとん》に横になった。

彼女も全て脱ぎ去り、ゆっくりと彼に添い寝してきた。

甘ったるい匂いが生ぬるく漂い、伊三郎は甘えるように腕枕《うでまくら》してもらった。

すると鼻先に豊かな膨《ふく》らみが迫り、濃く色づいた乳首にポツンと乳汁の雫《しずく》が滲《にじ》み出ていた。

（うわ……）

伊三郎は興奮を高め、チュッと吸い付いて雫を舐《な》め取った。

「アア……」

菊代も熱く喘《あえ》ぎ、しっかりと彼の顔を胸に抱きすくめ、柔らかな膨らみを押し付けてきた。彼も顔中に乳房が密着し、心地よい窒息感《ちっそく》に噎《む》せ返った。

強く吸い続けていると、次第に薄甘い乳汁が分泌《ぶんぴつ》され、生ぬるく舌《した》を濡らしてきた。

伊三郎はうっとりと喉《のど》を潤して貪《むさぼ》り、胸の奥まで甘ったるい匂いに満たされていった。

「ああ、いい気持ち……、こっちも……」

菊代が仰向《あおむ》けの受け身体勢になり、やんわりと彼の顔をもう片方の乳首に誘導した。伊三郎は、そちらにも吸い付き、新鮮な乳汁を飲みながら興奮を高めていった。

両の乳首を充分に味わうと、彼は無垢なふりも忘れて積極的に兄嫁の腕を差し上げ、色っぽい腋毛《わきげ》の煙《けぶ》る腋の下にも鼻を埋め、生ぬるい体臭を胸いっぱいに吸い込んだ。

「ああ、お嬢様のそんなところを嗅《か》いだら駄目ですよ。恥ずかしくて嫌がられますから。さあ、ここをいじって……」

菊代は言って彼の手を握り、自《みずか》らの股間に導いた。

伊三郎が柔らかな茂みを掻《か》き分け、指の腹を割れ目に沿って下ろしていくと、そこは熱くヌルヌルしていた。

「濡れているでしょう。もう入れて大丈夫という印です。さあ、入れてごらんなさい」

「あ、あの、どのようなところに入れるのか見てみたいのですが」

早急に入れるのは勿体《もったい》ないので、伊三郎は指を蠢《うごめ》かせながら言った。

「女の股座《またぐら》に、武士が顔を入れるものではありません」

「でも、見ないと分からないので、どうか、誰にも内緒なのですから、義姉上だけ私にそっと見せて下さいませ」

「決して、お嬢様に無理を言わないのなら、今夜だけ……」

執拗《しつよう》にせがむと、菊代も許してくれた。

伊三郎は嬉々《きき》として、仰向けの兄嫁の肌を舐め下り、股間に移動していった。

そして大股開きにして真ん中に腹這《ば》い、白くムッチリした内腿《うちもも》に舌を這わせて陰戸《ほと》に迫っていった。

見ると、そこは熱気が籠《こ》もり、割れ目からはみ出した陰唇がネットリとした大量の蜜汁にまみれていた。

そっと指を当てて陰唇を左右に広げると、ヌメヌメと潤う桃色の柔肉が丸見えになった。花が生まれた膣口《ちつ》は襞《ひだ》が入り組み、妖《あや》しく息づいて、オサネもツンと突き立っていた。

「そ、その濡れた穴に入れるのですよ。もう分かったでしょう。そんなに見ないで……」

彼の熱い息と視線を感じ、菊代がヒクヒクと下腹を波打たせて言った。

「少しだけ、指で確認させて下さい」

伊三郎は言って、濡れた膣口に指を挿《さ》し入れ、ヒダヒダのある内壁を小刻みに擦《こす》ってみた。

「アア……、い、いい気持ち……、早く、伊三郎さんのものを……」

菊代が悶《もだ》えながらせがんだが、もう彼も我慢できず、穴をいじりながら顔を埋め込み、柔らかな茂みに鼻を擦りつけて嗅いだ。

汗とゆばりの匂いが悩ましく鼻腔《びこう》を刺激し、舌を這わせて淡《あわ》い酸味のヌメリを掻き回し、オサネをチロチロと舐め回した。

「あう……、な、何をしているの……、駄目、そんな……、アアッ……！」

菊代は驚いたように声を震わせ、しかし感じているように内腿でムッチリときつく彼の両頬《ほお》を挟み付けてきた。

ここまで夢中になってしまえば、もうどこを舐めようとわけが分からなくなっているに違いない。

伊三郎は指を引き抜き、割れ目に舌を挿し入れて潤いをすすり、執拗にオサネを吸っては、さらに兄嫁の両脚を浮かせ、白く豊満な尻の谷間にも鼻を埋め込んでいった。

やや突き出た色っぽい蕾《つぼみ》に鼻を埋め、生々しい匂いを味わってから舌を這わせ、ヌルッと潜《もぐ》り込ませて粘膜《ねんまく》を探った。

「あう、駄目《うめ》……」

菊代が呻き、キュッと肛門で舌先を締め付けてきた。

伊三郎は舌を蠢かせてから、再び脚を下ろしてオサネに吸い付き、また指を挿し入れて小刻みに動かした。

「アア……、い、いっちゃう……！」

菊代がガクガクと狂おしく腰をよじって言い、粗相したように大量の淫水を漏《も》らした。

どうやら小さく気を遣《や》ってしまったようで、たちまちグッタリとなったので、彼も舌を引っ込め、指を引き離してやった。

そして彼女が正体を失っている間に、足裏に顔を埋め、指の股の蒸《む》れた匂いも味わってしまった。両足とも指の間をしゃぶって味と匂いを堪能《たんのう》してから、ようやく彼は再び添い寝し、また乳汁の滲む乳首を舐め回した。

「ああ……、あんなところを舐めるなんて……」

菊代が、ハアハアと荒い息遣いを繰り返し、詰《なじ》るように言った。

まだ力が入らず、触れていないのにたまにビクッと肌が波打ち、さらに甘ったるい体臭が漂った。

「いい？　決してお嬢様にあんなことは……」

「はい、承知しております」

かすれた声で言う菊代に答えたが、実際に志乃はもっと激しいことを求めてくるのである。実に、旗本も町人も関係なく、単に女それぞれの性癖があるというだけなのだろう。

徐々に自分を取り戻したように、菊代がそっと彼の股間に指を這わせてきた。

「ああ、こんなに勇ましく……、早く入れたいでしょうに、なぜいろいろなことを……」

やんわりと手のひらに包み込んで言い、彼は快感にヒクヒクと幹《みき》を震わせた。

「入れたら、すぐ済んでしまい、つまらないと思ったものですから……」

「夫婦というのは、子を生《な》すのが目的なのですから、入れて精を放てばそれで良いのですよ」

「でも、舐めたら義姉上も心地よかったのでしょう」

「そ、それは、恥ずかしくて少し気を失っただけです……」

菊代が言い、それでも言っていることと異なり、指による一物への愛撫《あいぶ》は微妙に続いていた。

「ね、義姉上も、少しだけ私のこれを可愛《かわい》がって下さい……」

「こうして可愛がっているでしょう」

彼女は囁《ささや》き、少しだけニギニギと愛撫を強めてくれたのだった。

三

「それとも、私にもお口でしろと……？」

「もしお嫌でなかったら、ほんの少しだけでもどうか……」

菊代に答え、伊三郎も内心ずいぶん図々《ずうずう》しくなったものだと思った。

「分かりました。内緒ついでに、今夜だけですよ。決してお嬢様に求めるようなことはしませんように」

彼女は言い、呼吸を整えながらそろそろと身を起こし、顔を一物に迫らせてくれた。

伊三郎も仰向けになり、屹立《きつりつ》した肉棒を震わせて期待に喘いだ。

菊代も熱い視線を這わせ、指で包皮を剝《む》き、クリッと光沢ある亀頭を完全に露出させた。

「何て綺麗《きれい》な色……」

彼女は呟《つぶや》き、舌を伸ばして粘液の滲む鈴口をチロチロと舐め回してくれた。

「ああ……、義姉上……」

伊三郎は、兄嫁の滑らかな舌を先端に感じ、クネクネと身悶えて喘いだ。

菊代も、いったん舐めてしまうともう抵抗感も薄れたように、次第に張り詰めた亀頭まで念入りにしゃぶり付いてから、スッポリと喉の奥まで吞《の》み込んでいったのだ。

肉棒全体を温かな口腔に包み込み、根元近くの幹を唇《くちびる》で丸く締め付けて吸い、口の中ではクチュクチュと舌が滑らかにからみついてきた。

「アア……、気持ちいい……」

伊三郎は快感に喘ぎ、股間に熱い息を受け、肉棒全体を生温かな唾液《だえき》にまみれさせて高まった。

さらに、無意識にズンズンと股間を突き上げはじめると、

「ンン……」

菊代が小さく鼻を鳴らし、合わせて顔を上下させて、スポスポと強烈な摩擦《まさつ》を繰り返してくれたのだった。

「い、いきそう……」

伊三郎が絶頂を迫らせて言うと、菊代も口に出される前にスポンと離れて顔を上げた。

「さあ、じゃお入れなさい」

「どうか、義姉上が上になって下さい……」

「なりません。婿とはいえ当主になるのですから、上から入れる稽古《けいこ》をしなければいけませんよ」

菊代は頑《がん》として答え、仰向けになってしまった。

仕方なく伊三郎は入れ替わりに身を起こし、再び兄嫁の股を全開にさせて股間を進めていった。

まだ彼女の唾液に湿っている先端を、濡れた割れ目に擦りつけると、菊代が僅《わず》かに腰を浮かせて位置を定めてくれた。

「そこです、さあ、来て……」

言われて、伊三郎もグイッと腰を突き出し、挿入していった。

張り詰めた亀頭が潜り込むと、あとはヌルヌルッと滑らかに根元まで吸い込まれていった。

「アアッ……!」

菊代がビクッと顔を仰《の》け反《ぞ》らせて喘ぎ、キュッときつく締め付けてきた。

深々と貫《つらぬ》き、股間を密着させながら彼は温《ぬく》もりと感触を味わい、とうとう禁断の関係を結んでしまった興奮と感激に身を震わせた。

すると菊代が両手を伸ばして抱き寄せたので、伊三郎もゆっくりと身を重ねていった。

まだ動いて果てるのが勿体ないので、また屈《かが》み込んで乳首を吸い、生ぬるい乳汁で喉を潤した。

「ああ……、腰を前後に、強く突いて、深く何度も……」

菊代がしがみついて言い、待ちきれないようにズンズンと激しく股間を突き上げてきた。

伊三郎も合わせて腰を遣いはじめ、兄嫁の白い首筋を舐め上げ、喘ぐ唇に迫っていった。形良い口が開き、光沢あるお歯黒《はぐろ》の歯並びの間から、熱く湿り気ある息が洩《も》れていた。

鼻を押し付けて嗅ぐと、乾いた唾液の匂いにお歯黒の金臭い匂いが感じられ、さらに彼女本来の甘い花粉臭が鼻腔を悩ましく掻き回してきた。

(ああ、これが義姉上の匂い……)

伊三郎は、兄嫁の口の匂いに高まり、胸いっぱいに嗅ぎながら次第に激しく腰を突き動かした。

大量に溢《あふ》れる淫水が律動《りつどう》を滑らかにさせ、揺れてぶつかるふぐりまで生温かく濡れ、ピチャクチャと淫らな摩擦音が響いてきた。

圭之進は何も知らず、良い気分で眠《ねむ》っていることだろう。

済まないとは思うが、兄嫁から誘ってきたのだからと言い訳のように思い、伊三郎は絶頂を迫らせていった。

唇を重ねて舌を挿し入れると、

「ンンッ……!」

菊代も熱く鼻を鳴らして彼の舌に吸い付き、ネットリとからみつけてきた。

生温かな唾液が悩ましく、彼はヌメリと吐息に酔いしれながら、いつしか股間をぶつけるように強く動いていた。

膣内の収縮も高まり、下で菊代が激しく肌を波打たせはじめた。

「い、いきそう……」

彼女が口を離して仰け反り、淫らに唾液の糸を引きながら口走った。

「い、いく……！」

とうとう伊三郎も昇り詰め、突き上がる大きな快感とともに声を洩らした。

同時に熱い大量の精汁がドクンドクンと勢いよく内部にほとばしり、奥深い部分を直撃した。

「あう、いい……！」

噴出を感じた菊代が呻き、反り返ったまま硬直し、ガクガクと身を震わせて気を遣ってしまった。やはり指と舌で果てるのとは、快楽の大きさが全く違うようだった。

伊三郎は激しく動きながら、心地よい摩擦の中で最後の一滴まで出し尽くし、すっかり満足したのだった。

徐々に動きを弱め、兄嫁の肌にもたれかかっていくと、

「アア……」

菊代も満足げに声を洩らし、ゆっくりと肌の強《こわ》ばりを解いてグッタリと身を投げ出していった。

伊三郎は体重を預け、まだ収縮する膣内でヒクヒクと幹を過敏に跳《は》ね上げた。

すると、応えるように膣内もキュッときつく締まり、全て吸い取るように柔襞が蠢き続けた。

彼は喘ぐ口に鼻を押し込み、兄嫁の息の匂いを胸いっぱいに嗅ぎながら、うっとりと快感の余韻《よいん》を噛み締めたのだった……。

——覗《のぞ》いていた弥助は、股間を熱くさせながら物置小屋に戻った。

(とうとう伊三郎様と、二人もの女と、ともに交《まじ》わってしまったか……)

弥助は思い、何やらさらに伊三郎に親近感を覚えてしまったものだ。

そして伊三郎と自分に対する、菊代の態度が違うことも感慨《かんがい》深かった。

やはり菊代は、小者である自分に対しては奔放《ほんぽう》に振る舞い、快楽を優先させて何でもしたりさせたりしてくれたのだ。

その点、義弟である伊三郎には、やはり武士としての慎《つつし》みを建前とし、手ほどきするのを前提として、あまり大胆なことはさせなかったのである。

そうした菊代の二面性も興味深かったし、何でもしてくれた自分が小者の方で本当に良かったと思ったのだった。

弥助は伊三郎に従って半年間、堤防工事へ赴くので、すでに桃香にも言い含めておいた。

やはり半年後、晴れて伊三郎が正式に志乃と一緒になってから、自分も桃香と夫婦になりたかったのである。

桃香も親にそのように伝え、何とか許しも得ているだろう。桃香の親にしてみれば、仕事の繋《つな》がりのある大店《おおだな》に嫁《とつ》いでもらった方が何かと今後とも利《り》するものが多いのだろうが、旗本が手元に置きたいと言えば拒《こば》むことも出来ず、また桃香の意思も尊重してくれたようだった。

やがて弥助は、見たものを思い出して手すさびしてから寝たのだった。

四

「お初にお目もじ致します。志乃の母、美津《みつ》でございます。こたびの婚儀の件、よろしくお願い申し上げます」

伊三郎が、圭之進と一緒に永江家へ赴くと、主膳とともに美津が出迎えて挨拶した。

佐枝より若く、まだ四十前後だろうか、なかなかの艶《つや》っぽい美形で志乃に似ていた。あるいは志乃の多情は、この美津から受け継いだものではないかと密かに伊三郎は思い、その裸体を想像してしまった。

「兄の圭之進です。後日あらためまして、母とともに参上致しますが、何卒弟をよろしくお願い致します」

圭之進が言い、伊三郎も深々と頭を下げた。

「ええ、全ては半年のちと致しましょう」

美津が言い、値踏みするように伊三郎を見た。

もちろん反対の要素は家柄の格だけであり、それも主膳が良いというなら美津に否やはないようだ。

そこへ雪絵が茶を持って入って来た。

「お嬢様は、生憎《あいにく》お花の稽古に行っております」

雪絵が言い、どうやら帰りにそちらへ寄れと言っているようだった。

元より顔見せだけなので、茶を飲むと主膳は登城してゆき、圭之進も学問所へと出向いていった。

伊三郎も辞《じ》すことにし、美津に挨拶して屋敷を出た。

「では、あちらの家で志乃様をよろしく」

見送りに来た雪絵が囁き、伊三郎も頷いて、そちらへと足を向けた。

もう弥助の護衛がなくても、祐馬などが襲ってくる心配はない。

伊三郎は気が急《せ》く思いで、志乃の待つ家へと行った。

「お待ちしておりました」

訪《おとな》うと、すぐにも志乃が出て来て彼を出迎えた。今日もすでに床《とこ》が敷き延べられ、風呂の仕度も調っているようだ。

何しろ婚儀は決まったが、許婚《いいなずけ》のまま半年過ごさなければならないのである。

「お母上に会ってきました。良いご両親ですね」

「でも、すぐにも一緒に暮らせないのが残念です」

言うと、志乃も寂しげに言った。明日にも、伊三郎は弥助とともに堤防工事の寄せ場へと引っ越すのである。

「なあに、同じ江戸の中ですので、何かと会うことは出来るでしょう」

「そうですね。それに楽しみは先の方が……」

志乃は答え、すぐにも帯を解きはじめた。

「雪絵との三人も楽しかったけれど、やはり二人きりの方が良いです」

志乃が言い、伊三郎もそう思った。

三人での行為は実に贅沢《ぜいたく》で豪華な快感の連続であったが、やはり秘め事は二人きりの密室に限ると実感したのである。

彼も手早く全て脱ぎ去り、激しく勃起している肉棒を露《あら》わにした。

今後は、そう年中するわけにもいかなくなるので、今日がしばしの遣《や》り納めである。

志乃もたちまち一糸《いっし》まとわぬ姿になり、布団に横になった。

伊三郎は興奮を高めながら、美しく均整《きんせい》の取れた肉体を見下ろし、まずは足裏から舌を這わせはじめた。

「あん、そんなところから……、でも、何でもお好きなように……」

志乃がビクリと反応して言い、何もかも受け入れるように身を投げ出した。

伊三郎は足裏を舐めながら、形良く揃った指の間に鼻を押し付け、汗と脂《あぶら》に湿って蒸れた匂いを貪った。

嗅ぐたびに刺激が胸から一物に伝わり、彼は夢中になって全ての指の股に舌を割り込ませて味わった。そして両足とも味と匂いを貪ってから、股を開かせ脚の内側を舐め上げていった。

舌が白くムッチリした内腿を這い上がり、股間に近づいて来ると志乃が熱く喘ぎ、期待に下腹をヒクヒクと波打たせた。

見ると割れ目は大量の蜜汁にまみれ、湿り気ある熱気が籠もっていた。

指で陰唇を広げると、

「あう、恥ずかしい……」

志乃が呻き、内腿を震わせた。

するごとに彼女は快感を強め、まして今日からしばらく出来ないと思うと、貪《どん》欲《よく》に感じようとしていた。

生身の肉棒の味を覚えはじめた膣口がヒクヒクと息づき、光沢あるオサネも愛撫を待ってツンと突き立っていた。

伊三郎は顔を埋め込み、柔らかな恥毛に鼻を擦りつけ、隅々に籠もった生ぬるい汗とゆばりの匂いを貪りながら、舌を這わせていった。

淡い酸味のヌメリが舌の動きを滑らかにさせ、彼は膣口の襞をクチュクチュと掻き回して味わい、滑らかな柔肉をたどって、オサネまでゆっくり舐め上げていった。

「ああ……」

「アアッ……、い、いい気持ち……」

志乃がビクッと顔を仰け反らせて喘ぎ、内腿でキュッと彼の両頬を挟み付けてきた。

伊三郎ももがく腰を抱え込んで押さえ、上の歯で包皮を剝き、完全に露出したオサネを吸い上げ、小刻みにチロチロと舐め回してやった。

さらに両脚を浮かせ、白く丸い尻の谷間にも鼻を埋め込み、蕾に籠もった悩ましい匂いで鼻腔を満たした。

顔中にひんやりと密着する双丘が何とも心地よく、彼は充分に嗅いでから舌を這わせ、蕾の襞を濡らしてヌルッと潜り込ませた。

「あう……」

志乃が呻き、肛門でモグモグと舌先を締め付けてきた。彼女だけは、何をしても恥じらったり拒んだりしないのが実に嬉しかった。ともに暮らしているうちに慣れたり飽きたりするのかも知れないが、それは先のことであり、今はとにかく互いの淫気をぶつけ合うだけであった。

舌を出し入れさせるように蠢かせ、滑らかな粘膜を味わってから、彼は志乃の脚を下ろし、再び濡れた陰戸に舌を戻した。

「も、もう駄目……、いきそうです。今度は私が……」

志乃が充分すぎるほど高まって言うと、伊三郎も舌を引っ込めて、いったん股間から這い出して仰向けになった。

すると志乃が入れ替わりに身を起こし、大股開きになった彼の股間に腹這い、美しい顔を寄せてきた。

伊三郎が自ら両脚を浮かせ、尻を突き出すと、志乃も厭《いと》わず谷間に舌を這わせてくれた。

彼は出がけに風呂場で股間を洗い流してきたので、遠慮なく舐めてもらえる。

志乃もチロチロと肛門を舐め回し、ヌルッと潜り込ませてくれた。

「く……」

遥か上位の大旗本の娘に尻の穴を舐められるのは、何とも申し訳ないような快感があった。少し前までは、夢にも思わなかったことである。

志乃も内部で舌を蠢かせ、熱い鼻息でふぐりをくすぐった。

勃起した一物も、内側から刺激されるようにヒクヒクと上下に震え、鈴口から粘液を滲ませた。

ようやく志乃が舌を引き抜いて脚を下ろし、ふぐりにしゃぶり付いてきた。

二つの睾丸を舌で転がし、袋全体を生温かな唾液にまみれさせると、さらに彼女は肉棒の裏側を舐め上げてきた。

先端まで来ると、濡れた鈴口を舐め回し、張り詰めた亀頭を咥《くわ》えて、そのままスッポリと喉の奥まで呑み込んでいった。

根元を丸く締め付けて吸い、熱い鼻息で恥毛をそよがせ、口の中ではクチュクチュと舌がからみつき、たちまち彼自身は美女の清らかな唾液にどっぷりと浸《ひた》って震えた。

「ああ、気持ちいい……」

伊三郎は快感に喘ぎ、深々と含まれた肉棒をヒクヒクと震わせて高まった。

「ンン……」

志乃も先端が喉の奥深くに触れるほど呑み込んで熱く呻き、たっぷりと唾液を出してまみれさせた。さらに彼女は顔を上下させ、小刻みにスポスポと摩擦してからチュパッと口を引き離した。

「入れてください……」

「どうか、志乃様が上に」

「正式な旦那様になったら、ちゃんと上になってくださいね……」

志乃は答え、素直に身を起こして前進し、彼の股間に跨《また》がってきた。

そして先端に濡れた陰戸を押し付け、ゆっくり腰を沈めてヌルヌルッと滑らかに膣口に受け入れていった。

「アアッ……！」

根元まで納めて股間を密着させると、志乃が上体を反らせて喘ぎ、心地よくキュッと締め付けてきた。

伊三郎も肉襞の摩擦と温もりに包まれて快感を味わい、両手を伸ばして彼女を抱き寄せていった。志乃が身を重ねてくると、彼は顔を上げて左右の乳首を含んで舐め回し、顔中で膨らみを味わった。

さらに腋の下にも鼻を埋め込み、汗に湿った和毛に籠もる、甘ったるい匂いで鼻腔を満たした。

待ちきれないように志乃が腰を動かしはじめ、伊三郎もしがみつきながらズンズンと股間を突き上げていった。

大量の淫水が動きを滑らかにさせ、クチュクチュと湿った摩擦音が聞こえ、溢れた分が彼のふぐりから肛門の方にまで生温かく伝い流れてきた。

「ああ……、い、いきそう……」

志乃が喘ぎ、伊三郎も高まりながら唇を重ね、柔らかな感触を味わいながら舌をからめた。生温かくトロリとした唾液をすすり、甘酸っぱい息の匂いで胸を満たした。

「ンンッ……！　いく……」

とうとう先に志乃が気を遣り、口を離してガクガクと狂おしく身悶えた。

伊三郎も、収縮する膣内に刺激され、続いて昇り詰めていった。

「く……！」

突き上がる絶頂の快感に呻き、熱い大量の精汁をドクンドクンと勢いよくほとばしらせると、

「あ、熱いわ……、もっと……」

噴出を感じた志乃が駄目押しの快感に口走り、さらに締め付けを強めてきた。

伊三郎は快感を嚙み締め、心置きなく最後の一滴まで出し尽くしていった。

すっかり気が済んで突き上げを弱め、彼女の重みと温もりを受け止めながら、収縮する膣内でヒクヒクと過敏に幹を跳ね上げた。

そして果実臭の湿り気ある息を間近に嗅ぎながら、うっとりと快感の余韻を味わったのだった。

「しばらく会えないなんて、お名残惜《なごりお》しいです……」

志乃も満足げに力を抜きながら言い、涙を滲ませた。

伊三郎は息を弾ませながら、彼女の湿った鼻の穴を舐めた。美女の鼻水は、何やら淫水そっくりな味わいとヌメリが感じられたものだった。

五

「明日には出て行ってしまうんですね……」

夜半、物置小屋に来た桃香が、寂しげに弥助に言った。

もうすっかり伊三郎への気持ちは思い出となり、今は完全に弥助に心を向けてくれていた。

「うん、でも伊三郎様のお話では、何とか半月に一度は休みを取って帰れると仰《おつしや》っていたから」

弥助は答えながら、裾《すそ》をめくり下帯を解いて、ピンピンに勃起した一物を露出させた。桃香も最初からその気で来ていたので、すぐにも全て脱ぎ去り、布団に横になった。

「ああ、可愛い……」

弥助は添い寝して肌を寄せ、甘ったるい体臭を感じながら言った。

そして薄桃色の乳首にチュッと吸い付き、舌で転がしながらもう片方を優しく揉《も》んだ。

「アア……、いい気持ち……」

桃香も熱く息を弾《はず》ませて答え、クネクネと健康的な肌を悶えさせた。

弥助はのしかかり、左右の乳首を順々に含んで舐め回し、張りのある膨らみを顔中で味わい、さらに腋の下にも鼻を埋め込んでいった。

湿った和毛《にこげ》には甘ったるい汗の匂いが濃厚に籠もり、悩ましく鼻腔を満たしてきた。

そしてムチムチと弾力ある肌を舐め下り、臍《へそ》から腰、太腿へ下り、足首まで移動していった。足裏を舐め、指の股に籠もったムレムレの匂いを貪り、両足とも指の間を全て舐めてから、股間へと顔を埋め込んでいった。

若草の丘に鼻を擦りつけ、汗とゆばりの混じった芳香を胸いっぱいに嗅ぎながら舌を挿し入れると、すでに生温かな蜜汁がヌラヌラと割れ目内部に充ち満ちていた。

膣口からオサネまで舐め上げていくと、

「ああッ……！」

桃香が熱く喘ぎ、内腿できつく彼の顔を挟み付けてきた。

弥助は味と匂いを堪能してから、脚を浮かせて尻の谷間に鼻を埋め込んだ。

どうしても伊三郎の情事を盗み見ているので、行動も彼と似通ってしまうのである。

秘めやかな匂いの籠もる蕾を舐め回し、浅く挿し入れてヌルッとした粘膜を味わうと、肛門がキュッと締まった。

そして前も後ろも存分に味わうと、

「わ、私にも……」

すっかり高まった桃香が言うので、彼は股間から離れて美少女の胸を跨ぎ、屹立した幹に指を添えて下向きにさせ、先端を可憐《かれん》な唇に突き付けた。

「ンン……」

桃香も顔を上げて張り詰めた亀頭をしゃぶり、熱く鼻を鳴らしながらモグモグと根元まで呑み込んでいった。弥助は生温かく快適な口の中で幹を震わせ、急激に高まっていった。

彼女も念入りに舌を這わせて吸い付き、充分に唾液にまみれさせるとスポンと口を引き離した。

弥助も再び移動し、仰向けの彼女を大股開きにさせて股間を進めていった。

先端を濡れた陰戸に押し付けて位置を定め、感触を味わいながらゆっくりと挿入した。

「あう……、いい……」

ヌルヌルッと根元まで嵌《は》め込むと、桃香が顔を仰け反らせて呻き、キュッときつく締め付けてきた。

弥助は温もりに包まれながら股間を密着させ、上からのしかかるように身を重ねていった。桃香も下から両手を回してしがみつき、キュッキュッと肉棒を味わうような収縮を繰り返した。

上から唇を重ね、ぷっくりした感触と唾液の湿り気を味わい、舌を挿し入れてネットリとからめると、

「ク……」

桃香も呻きながら彼の舌を吸い、熱く甘酸っぱい息を弾ませた。

弥助は徐々に腰を動かし、肉襞の摩擦に絶頂を迫らせていった。

「アア……、いい気持ち……」

桃香も感じはじめ、口を離して仰け反りながら喘いだ。

彼も次第に勢いをつけ、溢れる蜜汁が動きを滑らかにさせた。

彼女も狂おしく股間を突き上げ、揺れてぶつかるふぐりまで淫水に生温かくまみれた。

「い、いく……！」

とうとう弥助は先に昇り詰めて口走り、ありったけの熱い精汁をドクンドクンと勢いよく柔肉の奥に注入した。

「アア……、いく……！」

噴出を受けた途端《とたん》、桃香も声を上ずらせて気を遣り、ガクガクと腰を跳ね上げながら膣内の収縮を最高潮にさせた。

弥助は摩擦と締め付けの中で心ゆくまで快感を味わい、最後の一滴まで出し尽くしていった。

満足しながら動きを弱めていくと、

「ああ……、すごいわ……」

すっかり快感を覚えた桃香も声を洩らし、徐々に強ばりを解いていった。

完全に動きを止めても、まだ膣内の蠢きが続き、射精直後で過敏になった肉棒がヒクヒクと震えた。

弥助は桃香の口に鼻を押し込み、胸が切なくなるほど甘酸っぱく可愛らしい息の匂いで鼻腔を満たし、うっとりと快感の余韻を味わった。

やがて呼吸を整えると、彼はそろそろと身を起こして股間を引き離し、懐紙《かいし》で割れ目を優しく拭《ふ》いてやった。

そして自分の一物も処理して、再び横になった。

「朝までいたいけれど、お部屋に戻りますね……」

桃香は名残惜しげに言い、起き上がって身繕《みづくろ》いをした。

「ああ、どうか身体に気をつけて。たまには帰ってくるし、半年後は一緒になれるのだからね」

「ええ、弥助さんも身体に気をつけてね」

桃香が答え、泣きそうになるのを我慢して小屋を出て行った。

弥助は掻巻《かいまき》を掛け、遠ざかる足音を聞きながら暗い天井を見上げた。

(ここも今宵《こよい》かぎりか……)

半年後に桃香と所帯を持てば、ちゃんと部屋を与えてくれるだろう。

とにかく、いきなり役職を与えられた伊三郎は大変かも知れないが、弥助も出来る限り助けようと思った。

何しろ、寄せ場には旗本の次男三男、あの田所祐馬や、山尾や塚田たちも駆り出されていることだろう。

それを、上役として管理するのだから、並大抵《なみたいてい》の苦労ではなさそうだ。

もしかしたら伊三郎を助けるため、弥助が身に付けた多くの術を発揮することになるかも知れない。

それなら、むしろ本懐《ほんかい》であり、腕の見せどころであった。

（楽しみになってきた……）

弥助は、平穏な暮らしをして桃香と所帯を持つだけの人生より、面白くなりそうだと思った。

もともと戦うための修行に明け暮れていたのだ。

どんな形で発揮するのかまだ予想もつかないが、必ず伊三郎の役に立つことだろう。

もちろん桃香への未練はあるし、年中快楽を貪っていたいが、今生《こんじょう》の別れではないし、月に何度かは会えるのだ。

そして伊三郎も同じように許婚の志乃に滅多《めった》に会えなくなり、自分以上に緊張しているだろうから、支えにならなければいけない。

(とにかく、明日から新たな暮らしを……)

弥助は思い、鼻腔に残る桃香の匂いを感じながら目を閉じ、すぐにも深い睡りに落ちていったのだった……。

一〇〇字書評

切・り・取・り・線

よがり姫

購買動機（新聞、雑誌名を記入するか、あるいは○をつけてください）

- □（　　　　　　　　　　　　　　　　　　）の広告を見て
- □（　　　　　　　　　　　　　　　　　　）の書評を見て
- □ 知人のすすめで
- □ タイトルに惹かれて
- □ カバーが良かったから
- □ 内容が面白そうだから
- □ 好きな作家だから
- □ 好きな分野の本だから

・最近、最も感銘を受けた作品名をお書き下さい

・あなたのお好きな作家名をお書き下さい

・その他、ご要望がありましたらお書き下さい

住所	〒				
氏名		職業		年齢	
Eメール	※携帯には配信できません	新刊情報等のメール配信を 希望する・しない			

この本の感想を、編集部までお寄せいただけたらありがたく存じます。今後の企画の参考にさせていただきます。Eメールでも結構です。

いただいた「一〇〇字書評」は、新聞・雑誌等に紹介させていただくことがあります。その場合はお礼として特製図書カードを差し上げます。

前ページの原稿用紙に書評をお書きの上、切り取り、左記までお送り下さい。宛先の住所は不要です。

なお、ご記入いただいたお名前、ご住所等は、書評紹介の事前了解、謝礼のお届けのためだけに利用し、そのほかの目的のために利用することはありません。

〒一〇一-八七〇一
祥伝社文庫編集長　坂口芳和
電話　〇三（三二六五）二〇八〇

祥伝社ホームページの「ブックレビュー」からも、書き込めます。
http://www.shodensha.co.jp/bookreview/

祥伝社文庫

よがり姫《ひめ》 艶《つや》めき忍法帖《にんぽうちょう》

平成30年3月20日　初版第1刷発行

著　者　睦月影郎《むつきかげろう》
発行者　辻　浩明
発行所　祥伝社《しょうでんしゃ》
東京都千代田区神田神保町3-3
〒101-8701
電話　03（3265）2081（販売部）
電話　03（3265）2080（編集部）
電話　03（3265）3622（業務部）
http://www.shodensha.co.jp/
印刷所　萩原印刷
製本所　ナショナル製本
カバーフォーマットデザイン　中原達治

Printed in Japan ©2018, Kagerou Mutsuki　ISBN978-4-396-34401-6 C0193

〈祥伝社文庫　今月の新刊〉

矢月秀作
人間洗浄(下)　D1　警視庁暗殺部
D1リーダー周藤が消息を絶つ。現場には大量の弾痕と血が残されていた……。

西村京太郎
私を殺しに来た男
十津川警部がもっとも苦悩した事件とは？　西村京太郎ミステリーの多彩な魅力が満載！

安東能明
ソウル行最終便
盗まれた8Kテレビの次世代技術を奪還せよ。日本警察と韓国産業スパイとの熾烈な攻防戦。

鳥羽　亮
奥州　乱雲の剣　はみだし御庭番無頼旅
長刀をふるう多勢の敵を、庭番三人はいかに切り崩すのか？　規格外(はみだし)の一刀！

睦月影郎
よがり姫　艶めき忍法帖
ふたりの美しい武家女にはさまれ、悦楽の極地へ。若い姫君に、殿方の体の手解きを……。

門田泰明
汝《きみ》よさらば(一)　浮世絵宗次日月抄
「宗次を殺る……必ず」憎しみが研ぐ激憤の剣。刃風唸り、急迫する打倒宗次の闇刺客！